U0910711

诗人最满意的10首诗

这世间
有我已经不能
更好了

李元胜 — 编

李元胜　诗人、博物旅行家。重庆文学院专业作家，重庆市作家协会副主席、中国作协诗歌委员会委员，曾获鲁迅文学奖、诗刊年度诗人奖、人民文学奖、十月文学奖、重庆市科技进步二等奖。

目录

这世间有我已经不能更好了

张二棍

1982 年生，晋人。出版诗集《旷野》《入林记》。

李元胜点评：

张二棍用自己独特的方式，一种朴素、疼痛又似乎在揣摩上苍之意的方式，重新唤醒了沉睡的乡村记忆，它们那么真实，又和我们阅读视野里的迥然不同。

勘探者耳语

经测，此山压着十万斤黄金
足够一千个诸侯风光的葬礼

林子大了，什么鸟都有

现在林子没了，什么鸟还有
早市上，一排排笼子
蹲在地上。鸟们
蹲在笼子里
卖弄似的，叫得欢
那人也蹲在地上
默不作声
这一幕，倒像是
鸟，在叫卖笼子
叫卖那人

暮色中的事物

草木葳蕤，群星本分
炊烟向四野散开

羊群越走越白
像一场雪，漫过河岸
这些温良的事物啊
它们都是善知识
经得起一次次端详
也配得上一个
柔软的胖子
此刻的悔意

一个人太少了

我不能给所有的药，提供一场大病
我不能给所有的牢笼，指认自己的罪名
世界伤口无数，我只能选择一个，去溃烂
撒盐的时候到了，我孤零零的伤口
绝不够堆放。一个人太少了
我只能是桑，是槐
被别人指着，骂着的时候
我不能 +1，不能点赞
不能既指向自己，又骂向自己

无题

秋风吹得人间，像个刑场
秋蛉依然没心没肺地唱着
它们为自己的将死，摇旗呐喊
路过一个村庄，看见慢腾腾的人群
围着简陋的土地庙
转来转去。这秋收后的仪式呀古朴
原始。余晖的锈色
涂抹着他们的脸庞
使穷人们，看上去
又穷了一点

大风吹

须是北风，才配得
一个大字。也须是在北方
万物沉寂的荒原上
你才能体味，吹的含义
这容不得矫情。它是暴虐的刀子
但你不必心生悲悯。那些
单薄的草，瘦削的树

它们选择站在一场大风中
必有深深的用意

在乡下，神是朴素的

在我的乡下，神仙们坐在穷人的
堂屋里，接受了粗茶淡饭。有年冬天
他们围在清冷的香案上，分食着几瓣烤红薯
而我小脚的祖母，不管他们是否乐意
就端来一盆清水，擦洗每一张瓷质的脸
然后，又为我揩净乌黑的唇角

我已经和这个世界格格不入了

哪怕一个人躺在床上
蒙着脸，也有奔波之苦

无题

白云倜傥。山溪有一副花旦用旧的嗓子
雉鸡穿着官服，从古画中走下来

它步履稳健，踩踏着松针上的薄霜
当它开口，背后的山林
就升起了一种叫“……”的事物
这种事物，正在形成
这种事物，尚未命名

与己书

许多事情不会有结局了。坏人们
依然对钟声过敏，更坏的人
充耳不闻。我也怀着莫须有的罪
我要照顾好自己，用漫长的时光
抵消那一次，母亲的阵痛。你看
树叶在风中，而风
吹着吹着，就放弃了
我会对自己说
那好吧，就这样吧
我掐了掐自己的人中
是的，这世间有我
已经不能更好了

张远伦

彭水土著，乌江苗人，1976年生。习诗20余年，著有诗集《逆风歌》《那卡》《两个字》等，另有中短篇小说、随笔若干。职业编辑，现居重庆。

李元胜点评：

近年来，张远伦一直把乌江流域民间精神作为自己的写作资源，并逐渐找到了幽暗的万古乡村与现代性表达之间的狭窄通道，写出了一批载有独特经验的作品。

白鹤颂

北方如旧

奔袭的白色不仅是闪电
不仅是雪崩
不仅是天堂对我的鞭刑，不仅是
你对我的绝望

千里迢迢，是羽毛的绝望
查无此人地址有误
是赤道线的绝望
是极地对冰原的绝望

南方亦如旧

她对我的每次经过，都令我绝望
像白无常经过我的村庄
像我的怀旧

北境是南地的旧址
我是你的旧址

生当如候鸟，一生白鹤

逆风歌

它们都顺着风向走
黑夜里的许多天灯，顺着风向走
走着走着就成了孤灯
黑夜里的许多草，顺着风向走
走着走着就成了残叶
黑夜里的许多旋律，顺着风向走
走着走着就成了余音

他们都顺着风向走，而我不能
风向所指，是熄灭，是枯死，是默哀
我逆风而走，便是走向光源
走向草根，走向声带

便是，走向大风的子宫
仿佛听到神在说：孩子，起风了

顶点

诸佛寺的顶点，和严家山的顶点
形成了对峙之美

夹缝里是小小的诸佛村

我在这里生活了十年

发现对峙是顶点和顶点之间的事情

我只能在谷底仰望

有一次，我登上诸佛寺

看到了更高处的红岩村和红花村

它们的顶点加进来

就形成了凝聚之美。这点发现

让我突然忘却了十年的鸡毛蒜皮

和悲伤。竟然微微出神

把自己当成了群山的中心

长尾鹊

三闲堂门外，老榕树上的长尾鹊

以为穿过曾家岩隧道，就可以飞出重庆

她们进洞露尾，出洞露头

把留在地下的时间，分成两段

请原谅我这个说谎的人。冬日里的长尾鹊

不会像我这样抄近路

她们站在树叶间等待阳光的时候是真实的
出现在我的阴翳里是虚构的

我手握茶杯混迹于世。看到她们
白雪一样的胸脯，更凸了

她们的心里从来没有外省，只有外人
我怀不忍之心，仍深深打扰到了她们

给女儿讲讲北斗七星

北斗七星不是北极星
北斗七星是七颗星

有四颗星很坚实，它们组成方斗
像在打谷

有三颗星很柔软，它们形成篾席
像在挡谷

北极星是孤星，再亮也没有意思
北斗七星是群星，黯淡一点也没关系

它们先是倒扣在天幕，而后每天倾斜一点
仿佛有无形的力，将群星慢慢扶正

稻子熟透的时候，北斗七星
终于稳稳坐实在深邃的夜空

上天布满了预言，所以我们仰望
女儿，有时候，要相信轮回

广场与光

孩子，我会把荧光棒买来，交到你的手里
而村庄给我的萤火虫，从来都是我自己捉

我该感谢父亲，再微弱的光
都是一种捕得

我该感谢女儿，再微弱的光，都是赐予
孩子，你该感谢人世

有一个光影闪烁的傍晚，有一面柔软的广场
有一个小贩，将光，从他手里

传递到你手里。你父亲的掌心
只是一片经停的机坪

让光圈微微地飞出去，又弹回来
像是转赠给你，又像是故意漏给你的，那个黄昏

一声狗叫，遍醒诸佛

村庄不大，一声狗叫，可以关照全部土地
余音可关照更远的旷野

九十岁老妪的枯竭之身。在狗叫的近处
她的生茔，在狗叫的远处

更高一点的诸佛寺
在一声狗叫的尽头

这是一只名叫灰二的纯黄狗。她新生出的女儿
名叫两斤半，身上的毛黑里透出几点白

瓦事

假如你发现
一片青瓦覆盖另一片青瓦
太死了，一定要将上面那片
挪一挪。这细微的改变
将为炊烟打开出路
而我父亲，特意揭开的瓦片
不要去碰它。那是
为我的堂屋留出光芒
照到的，是神龛上的牌位
在我的村庄
让出一片瓦，就会
亮出一个安详的先祖来
保持着树木的肃穆
和天堂的反光

素淡之交，若青草相望

我记得，向你描述过开阔

就是两根极为细小的青草之间，容得下一粒羊粪

我还记得，向你担保过清新

就是青草特意在春阳中长出绒毛，沾住下坠的露珠

我甚至记得

向你发誓过素淡之交

就是不和你一起躺在任何一根青草上

不把任何一株青草上的露珠，滴在你的脚趾间

通奇门的孕妇

为了站稳

她抓住雕塑士兵腰间的一块黑铜

这个五百年前攻打通奇门的老兵

而今掏空肉身，被一个基座定在这里

他腹内空空，如有回声，如有鼓动
而她腹内的胎儿正在准备离开她

一块暗铜正在准备离开老兵掰断的手指
射出的箭镞永远一个姿势，悬而不垂

她依靠着人间的一块铠甲
若分娩，刚好身下尚有一个战场

桑眉

原名兰晓梅，生于1972年冬，祖上畲族，四川邻水人，现居成都；供职于某月刊社。十五岁开始发表作品，作品散见各文学刊物等年度选本；出版诗集《上邪》《姐姐，我要回家》等。

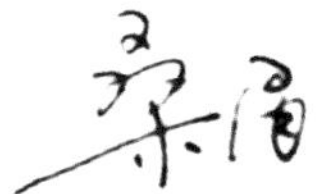

李元胜点评：

桑眉的诗歌精致而又孤独。精致是说她的遣词造句不落俗套，有很高的底线；孤独是那种写寂静、写春花、写热闹时，都始终裸露出来的孤独。桑眉所写的孤独，和个人有关，也可能和个人无关，正如她自己所说的，是那种草木轮回中的孤独。

呈述：阳春三月

这些年
我不再适宜远行
火车轮渡飞机
令人晕眩呕吐以为会死
远方不再夜夜入梦

倒是麻子坡
时常形而上地空出谷场
容我小坐
过来招呼的
可能叫六妹？克菊？文英？
她们比我孩子生得多
笑得比我憔悴但满足

阳春三月
我应该在桉树下
绣花！纳鞋！织毛衣！
地上只有狗和孩子在跑
天上只有鸟和树叶在飞

渐渐，渐渐地……

还是不得不用比喻句
形容时间在某一刻悬浮于罗盘之上
如檐雨“滴答”的声音不再

有人开始埋怨屋背的响水凼太响
秋虫太闹，风沁骨地凉……
她夜里做不了一个完整的梦
早早醒来，给五个孩子和孩子他爸弄早饭
然后出门，叫旺旺的狗时前时后
陪她去砍柴、割猪草或者挖地、捡栗子……

山里树木葱郁却无比空旷
渐渐能够容下她年轻时的悲伤
渐渐，渐渐地她忘了自己曾那么悲伤

快要发疯的女人

不是电影
这人生，有时现实得
让人吐口水

她俗不可耐
在两块五一斤的土豆与四块一斤的豇豆之间
作思想斗争
比起圆滚滚的土豆，她更喜欢豇豆的修长与青翠

每天早晨都被闹钟吵醒
或者被一支枪逼着下床
洗脸、刷牙、用谭木匠的梳子梳疯长的刘海
它们试图给世界蒙上面纱
被她一次一次含恨剪除

含恨的理由不止于此
多数时候她不流露
驯鹿一样温顺
可背地里，背对着大世界或观众
她冲某个患病的男人大喊大叫、
扔菜刀。披头散发
像头母狮

有时候，有时候

还没把镜子搬回家的女人
整日整日担心落在家里的花瓶
怕它独自在家里破碎

镜子有时候会替一个离世的人照顾花瓶
和花瓶里的花
看神色恍惚的人儿替花换水

镜子有时候会伸出虚无的手指抚摸她的鱼尾纹
和蝴蝶刺青
替一串断线的泪珠找到脸庞

镜子也许是另一个世界的入口
有时候她端详它久了
窗、花瓶、水平面……世界上玻璃一样的

事物，和人物都碎了
都飞起来了
整夜整夜飞，飞……

“听说爱情回来过”

路灯下
你们在路灯下
雪还没有来
树冠投下浓荫覆盖你的衣衫她的足踝

曾经想为你戴着镣铐起舞的足踝

如今迟疑地伫立

你多哄哄它呀

再哄哄它呀　给它雪野里燃烧的音符

你给出拥抱

给出迟到的抱歉

给出浅吻

给出掀起心中狂澜的轻抚

令路灯下的影子多么彷徨

她多想交出舌尖

多想穿上红舞鞋

多想成为午夜狂奔的发光的小母马

可是呵　少年

你始终没在她耳畔　清晰地

说出：爱

路灯沉默地

映照今年冬天的某个夜晚

将它照旧　旧得像那年

地下党

有人在我回家后就来
来敲门一言不发
像个地下党

我也不说话
也不像多年前那样
伸出手让他拉着
去火车站接同学
路很远天很黑我们走得很急
没有摔跤

现在我只看着他
他也看着我
都不敢喊：同志
更不敢唤：亲爱的

看你嘛

秋天连绵起伏的草坡
现在我不喜欢了

不喜欢一个人在坡上坐着
佯观天象，直到月亮转身
映照愁容

在春夜，我早早睡下
像刚出栏的小猪不害怕
不做梦，半夜醒来不叹息
喝点槽子里冰凉的水
倒头又睡

我睡着的时候
月光会把唇边的细绒毛揉更细
把眉眼理匀没有波纹
把睫毛上的蓝水晶呵得更蓝更透明
像你见到过的薄薄的蓝雪

——反正你喜欢或不喜欢的
她都会抢先下手摸一摸
看你吃不吃醋
看你还抄着手
看你嘛

我厌倦了悲伤

余生无多
要像草木轮回
像无名小花不怕枯萎肆意绽放
我要重新爱上春天、河流
爱这平凡琐碎的人间
爱上来世
和你

孤寂，像……

像从不认识世上的人
像从不曾与你抱拥、哭泣
像被套填满棉花
棉花湿透
像琴键排满身体
手指缺席
像夜夜不熄的蜡烛
烛上剪不完的灯花

像流水送不走
歌唱不尽

像你用望向荒野的眼神
望向她……
像她告别时，风中挥不动的
黄手帕……

孤寂像一个影子
没有长嘴唇
在冬天豁出尖牙
唉！孤寂是一个雪人就好了

古往今来

偶尔写一首诗，广为流传
但青史薄幸；
偶尔遇上一个人，为他做可口饭菜
爱情惊艳但结局无言。

绝大多数时间，我为兑换口粮
奔命于一张纸的正反两面
为某某祖宗十八代乔迁新居
对他们的生庚嫁娶、延或不延
及其殁葬等等，了如指掌；
那么多朝代如纸薄脆

战争或和平、荣耀或耻辱……曾经的
如画江山呵都得轻拿轻放。
那么多人、美人，敌不过从不现身的光阴
面色如纸。草纸泛黄了，泛黄了……
有人被易名、有人被子孙遗忘，沦为：不详。

显然，我早已步其后尘
跟他们在世时一样骄傲、虚妄、无限迷惘
跟他们一样，无论跟岁月兜多大的圈子
都逃不脱钟表师的魔掌

路也

现执教于济南大学文学院。著有诗集、散文随笔集、中短篇小说集、长篇小说以及文论集等二十余部。荣获华文青年诗人奖、星星年度诗人奖、人民文学奖、诗探索“杰出成就奖”等。近年主要诗集有《山中信札》《从今往后》。

李元胜点评：

路也像一个敏捷的荒野女箭手，在开阔的视野里冷静地追踪着自己的目标。所以，她的作品风格清晰坚定，并带着绵绵不绝的坚韧和力量。

火车站

它的人群苍茫，它的站台颤动
它的发烫的铁轨上蜿蜒着全部命运
它的步梯和天桥运载一个匆忙的时代
它的大钟发出告别的回声
它的尖顶之上的天空多么高多么远，对应遥遥里程
它的整个建筑因太多离愁别恨而下沉
它的昏暗的地下道口钻出了我这个蓬头垢面的人
身后行李箱的轮子在方块砖上滚过
发出青春最后的轰轰隆隆的响声

从今往后

从今往后
守着一盏小灯和一颗心脏
朝向地平线
活下去
从今往后
既不做硬币的正面，也不做它的反面
而是成为另外一枚硬币
从今往后
恺撒的归恺撒，上帝的归上帝
方圆十余里，既无远亲也无近邻

小屋如山谷，回响个人足音
从今往后
东篱下的野菊注定要
活过魏晋
比任何朝代都永恒

信号塔

信号塔矗立山巅，孑然一身
相邻的山头上，并无一座母塔与它匹配
独身也是出于对生活的热爱

一个人抵达山巅，还想继续沿钢铁架构攀至塔尖
触一下潮湿的白云，嗅嗅天堂的味道
替人类瞭望一下前程

信号塔不是巴别塔，它只望天而不通天
亦无资格像教堂尖顶那样谈论救赎
它其实类似田纳西那只坛子，让周围荒野朝它聚拢

信号塔上足了发条，令周围空气发痒、微颤
它通知天空一些人间讯息
偶尔也把天上的想法，转发给大地

它采纳风的意见，收集飞行器的心情
它把晴空万里的热度和亮度积攒起来，去抵抗阴霾
它有时截留电缆里的幸福供自己享用

一群蝙蝠穿越信号塔周围的暮色，返回山洞练倒立
这些瞎子自带超声波以遥感未来
只有人类才关心命运，往天上发邮件并渴望得到批示

信号塔仰望天空的力度超过哲学家和圣徒
它每天早晨向天空脱帽致敬
周围山峦全都鞠躬，齐刷刷地配合

信号塔耸立山巅，没给自己留后路
它只拥有一条通往上苍的虚空之路
那条路在时间之外，那条路两旁栽满了小白花

盘山路

盘山路充满狂想
高处巨石翻滚，低处页岩层叠

从盘山路远望
相邻两个小山包对峙，在下一盘棋
我的视线随一只鹊[illegible]移动，我与它共用一颗心

看得见群峰连绵，天蓝，风淡，太阳偏西
一个庄严的大气压
使这个冬日下午光芒万丈

我提着自己的心
越走越远，越走越高，越走越飘，越走越悬
越走越像行在老虎脊背
越走越没退路，感觉与尘世好聚好散

盘山路演示辩证法，我螺旋式上升
这样走下去，需要一根避雷针
需要一顶降落伞，需要在胆量周围
竖起一圈护栏

需要默诵：
“我是困苦忧伤的，
愿救恩将我安置在高处”

盘山路之上，盘山路尽头
天色渐晚，抬头将看到星星伶牙利齿
侧耳会听到天上的说话声

我走在盘山路上，孤身一人像一支部队
这样走下去，一直走下去
会不会在某个拐弯处忽然遇见
迎面走来的我自己？

抱着白菜回家

我抱着一棵大白菜
穿着大棉袄，裹着长围巾
疾走在结冰的路面上
在暮色中往家赶
这棵大白菜健康、茁壮、雍容
有北方之美、唐代之美
挨着它，就像挨着了大地的臀部
我抱着一棵大白菜回家
此时厨房里炉火正旺
一块温热的北豆腐
在案板上等着它
我两根胳膊交叉，搂着这棵白菜
感到与它前世有缘
都长在亚洲
都素面朝天

想让它随我的姓氏
想跟她结拜成姊妹
想让天气预报里的白雪提前降临
轻轻覆盖它的前额和头顶
我抱着一棵大白菜
匆匆走过一个又一个高档饭店门口
经过高级轿车，经过穿裘皮大衣和高筒靴的女郎
我和我的白菜似在上演一出歌剧
天气越来越冷，心却冒着热气
我抱着一棵大白菜
顶风前行，传递着体温和想法
很像英勇的女游击队员
为破碎的山河
护送着鸡毛信

兵工库的春天

春天来了，这里多么寂静
每一座库房都陷入白日梦
冲锋枪拔掉弹匣，手榴弹丢失拉线
轰炸机的仪表失灵，刺刀的刀身躲进刀鞘
水雷拆除了引信，手枪卡住了转轮
防弹衣与弹药箱惺惺相惜
而高射炮爱上了空中自己瞄准的一只鸽子

索性卸下了弹簧和马达
至于坦克，一大簇雨后苔藓润滑了它的履带
竟导致松松垮垮地脱落下来
还有，每一粒子弹的铅芯钢壳都闪闪发亮
打算从此不再让自己飞了
而想倚仗着与笔相似的外形，去画画或者写诗
是的，春天来了，这里多么寂静
金属器械的雄心壮志全都生了锈，全都臆想着
在这世上它们原本可能拥有的其他形状：
比如：婴儿车、蝴蝶发卡、滚动铁环、运动服拉链
钳锅、指甲刀、铅笔盒、项圈、钮扣、别针、眼镜架
就是做做圆珠笔末端那转动的钢珠也是不错的
春天来了，多么寂静的春天
金属们全都屏住呼吸
等着院墙外那棵楝树开出淡紫的花来
哦，春风轻轻吹拂，越过了大门
温柔得仿佛在劝降

候车

一站牌，一木质条椅，一窄形电子显示屏
一遮雨小亭，一免费报纸箱
一条延伸进地图的老铁轨
一个大太阳

在梭罗的家乡
这就是一个火车站了

现在车站只有我一个人，乘客兼员工
身体里有一个候车室和一个售票厅
有折叠的远方

双肩包被里面的一大盒巧克力麻痹着
调和着背负了上万里的悲伤
手工制作，本地产，故居旁的小店
他说：治疗爱的办法只能是更深的爱

那人写过这条叫菲茨堡的铁路
埋怨这只飞箭射中了他亲爱的村庄
他横过铁路，到他的湖边去
他从来不肯说火车的好话

发黑的木质电线杆抗议着风
而地面有了微微的颤动
一个柱形的工业革命的脑袋远远地显现
火车开过来了

地面上一道龟裂的黄线与双脚攀谈
我就要上火车，奔向不远处的一座大城
那里有他就读过却并不喜欢的哈佛

路过安徒生家门口

亲爱的安徒生，此刻我正路过
你的童话的故乡
你的家门口——

鞋匠和洗衣妇的儿子
生在棺材板改装的床上，所以天生忧郁
14 岁携 13 克朗远走他乡
从此，稿笺被欧洲的雨雾洇湿
以驿车车轮的节奏
写下满纸寂寞

再苦难的人生也可以过成童话
旅行即梦游，礼帽、手杖、雨伞和皮箱
是仅有的道具
一挥手，它们就跳舞
在光荣的荆棘路上

亲爱的安徒生，我们相识已久
我看见，机场的鲜花全是小意达的花
安检人员都是坚定的锡兵
那个在我护照上盖章的大鼻子男人
分明是大克劳斯

我从中国来，从有宝塔和戏台的国度来
“在中国，皇帝是一个中国人，
他周围的人也是中国人。”
嗯，这是你写的句子

亲爱的安徒生，我抵达哥本哈根
而美人鱼不在，她出访上海 EXPO 未归
请允许我模仿伊人之姿
侧身跪坐在机场咖啡厅的椅子上

太湖

天空和湖泊都用面积来表达自我
面对那么大的天，湖只有竭尽全力铺展
天低矮下来，原谅湖的有限

冷雨和暮色交融，共同定义人生
我把自己缩小成逗点，躲进命运的一角

灰云穿着丝绒的跑鞋
水边芦苇枯干，风吹着一排排不甘，一簇簇永不
在这个严重时刻，世界收拾残局
列着清单

蚕在太湖南岸的丝绸博物馆吐丝
我在潞村吃艾团喝青豆茶

十一月只剩下了四天
我把十一月的尾巴带到了湖州
身患甲减，随时会睡着，梦见自己并没有来

两个省张开双臂把一个湖合抱
一个湖被两个省宠爱
此刻坐在它的南端
才到达一天半，就开始想家

家要向北，再向北，湖对面遥遥对着的
只是无锡
一个人出远门，空着手
已经去过未来，如何还能生活于现在

山中信札

我要用这山涧积雪的清冽
作为笔调
写封信给你
寄往整个冬天都未下雪的城里

我决定称呼你“亲爱的”
这三个汉字
像三块烤红薯

我要细数山中岁月
天空的光辉，泥土的深情
沟壑里草树盘根错节成疯人院
晨曦捅破一层窗纸，飞机翅膀拨开暮色
世间万物都安装了马达

我在山中行走
每次走到末路穷途，都想直冲悬崖继续前行
我已经为人生绘制了等高线
我有地图的表情

根据一大片鹅卵石认出旧河床
在崖壁间找到一脉清泉

在田陇参观野兔故居
这些事情，我都急于让你知道

我要细说峭岩上的迎春花怎样悄悄绽放
有一朵如何从它们的辫子
攀援缠绕至我的发梢

我要写到灌木丛里的斑鸠
我真佩服它们
用最简单词语编写歌谣
总把快乐直截了当地叫喊出来

我要讲述太阳
如何下定决心晒我
从表皮晒至内核，把凉了的心尖捂热
把泛潮的小谎言烘干，等待风化
我接受了阳光的再教育

还要提及
每次经过一座躲在阴影里的孤坟
我都担心墓碑上的某个错别字
会妨碍灵魂远行

我要向你汇报
至今还没有遇见老虎
如果万一相遇，我会送它一块松香
跟它讨论一番苏格拉底

还必须说说令人不快之事
最边缘的一片山峦被劈开胸膛，容纳人类的欲望
动物们植物们正打算联名
起诉推土机

我想说，那些气吁喘喘的问题，我都弄明白了
并打定主意
向季节学习抽芽萌长、凋零、萧瑟，向星辰学习闪烁
和隐匿
向地球学习公转自转

最重要的是，我要告诉你
经过了这样一个冬天
我依然爱你

在信的结尾
我要用一粒去年的橡树果当句号
落款署名小鼹鼠

我要趁着这山涧积雪尚未融化

快快地把这封信写好

让南风

捎给你

他走他的下水道，我写我的陋室铭

梁平

著有诗集《梁平诗选》《琥珀色的波兰》《三十年河东》《巴与蜀：两个二重奏》《汶川故事》《家谱》等10部，散文随笔集《子在川上曰》、诗歌评论集《阅读的姿势、长篇小说《朝天门》等。现为中国作协全委会委员、中国作协诗歌委员会副主任、四川省作协副主席、成都市文联主席、《草堂》诗刊主编。

李元胜点评：

梁平近年的创作，关注都市人当下的破碎而纷繁的体验，并把它们置于深远的历史背景中进行比较和推敲，而这一切是在一种略带讥讽或自嘲的基调中，从容而轻松地完成的。

北京是一个遥远的地方

北京很遥远，
我在成都夜深人静的时候，
曾经想过它究竟有多远？
就像失眠从一开始数数，
数到数不清楚就迷迷糊糊了。
我从一环路开始往外数，
数到二百五十环还格外清醒，
仿佛看见了天安门、人民英雄纪念碑，
看见故宫里走出太监和丫鬟，
我确定我认识他们，
而他们不认识我。
于是继续向外，走得精疲力尽，
北京真的很遥远。

从天府广场穿堂而过

十六年的成都，
没有在天府广场留下脚印，
让我感到很羞耻。有人一直在那里，
俯瞰山呼海啸，车水马龙，意志坚如磐石。
而我总是向右、向左、转圈，

然后扬长而去。为此，
我羞于提及，罪不可赦。
那天，在右方向的指示牌前，
停车、下车、站立、整理衣衫，
从天府广场穿堂而过——
三个少女在玩手机，
两个巡警英姿飒爽，
一个环卫工埋头看不见年龄，
我一分为二，一个在行走，
另一个，被装进黑色塑料袋。
一阵风从背后吹来，
有点刺骨。

或者悼词（四章之一）

生命不能承受的轻只有一个真相。
轻到鄙视自己所做过的一切：为街头一个乞丐递上
百元大钞；为一个卧轨的名字耿耿于怀；为一朵落红唏嘘；
为悬崖边的一只马蹄献出我半个身躯。
这些，都不敌一支出墙的红杏，可以把满枝桠的绿叶
改制成帽子，立等可取，让有关无关的路人皆成兄弟。之后
还可以莞尔，还可以天真，还可以楚楚动人。
这中间的区别在于，一个是怜悯，一个是布局。

别以为一谈及生命就只能配以大词，击垮生命的不是雷霆与风暴，而是比鸿毛轻、最没有重量的蒜皮鸡毛。
一个转身，就是句号。
所谓真相，就是另一种方式的自虐。

耳顺

上了这个年纪，
一夜之间，开始掩饰、躲闪、忌讳，
绕开年龄的话题。我恰恰相反，
很早就挂在嘴上的年事已高，
高调了十年，才有值得炫耀的老成持重。
耳顺，就是眼顺、心顺，
逢场不再作戏，马放南山，
刀枪入库，生旦净末丑已经卸妆，
激越处过眼云烟心生怜悯。
耳顺能够接纳各种声音，
从低音炮到海豚音，
从阳春白雪到下里巴人，
甚至花腔、民谣、摇滚、嘻哈，
皆可入耳，婉转动听。
从此，世间任何角落冒出的杂音，
销声匿迹。

梦醒时分

从大邑收租院回成都，

正午时分，阳光，白云蓝天，

车上做了个白日梦。

忆苦思甜，我的同事义愤填膺，

正在控诉地主恶霸的罪状——

他声泪俱下，拧一条破麻袋，

说是他一年四季的衣服。那是旧社会，

暗无天日，穷人上无一片瓦，

下无一寸地。

此时汽车急刹，我醒了。

他也醒了，两眼迷糊，脸色潮红。

我说我刚才做了个梦，

他说他刚才也做了个梦，

他终于买了房，

女朋友答应和他结婚了！

我的同事，硕士，入职二十年，

四十岁的单身狗做了个好梦。

我望着他，说不出话来，

实在没有勇气告诉他，我做的梦。

隔空

很南的南方，
与西南构成一个死角。
我不喜欢北方，所以北方的雨雪与雾霾，
胡同与四合庭院，冰糖葫芦，
与我没有关系，没有惦记。
而珠江的三角，每个角都是死角，
都有悄然出生入死的感动。
就像蛰伏的海龟，在礁石的缝隙里与世隔绝，
深居简出。
我居然能够隔空看见这个死角，
与我的起承转合如此匹配，
水系饱满，草木欣荣。

盲点

面对万紫千红，
一直找不到我的那一款颜色。
有过形形色色的身份，只留下一张身份证。
阅人无数，好看不好看，有瓜葛没瓜葛，
男人女人或者不男不女的人，
都只能读一个脸谱。

我对自己的盲点不以为耻，
甚至希望能够发扬光大，
不辨是非、不分黑白、不明事理，
这样我才会真的我行我素，事不关己。
我知道自己还藏有一颗子弹，
担心哪一天子弹出膛，伤及无辜。
所以我要对自己的盲点精心呵护，
如同呵护自己的眼睛。
我要把盲点绣成一朵花，人见人爱，
让世间所有的子弹生锈，
成为哑子。

叶落风景

漂浮在水面上的秋，
不情愿沉落。

有的又爬上岸了
好像还有什么要倾诉。

还以为是昨天，
还想回到树上去吗？

这里来来去去的风，
开始七嘴八舌。

而水，把一切看在眼里，
纹丝不动。

南京，南京

南京，
从来帝王离我很远，那些陵，
那些死了依然威风的陵，
与我不配。

身世一抹云烟，
我是香君身后那条河里的鱼，
在水里看陈年的市井。
线装的书页散落在水面，
长衫湿了，与裙裾含混。
夫子正襟危坐，
看所有的鱼上岸，
没有一个落汤的样子。

秦淮河瘦了，
游走的幻象在民国以前，
清以前，明元宋唐以前，
喝足这一河的水。
胭脂已经褪色，琴棋书画，
香艳举止不凡。

不能不醉。
运河成酒，秦淮成酒，
长江成酒。
忽然天旋地转，恍兮惚兮，
不过就是一仰脖，
醉成男人，醉
成那条鱼。

长乐客栈床头的灯笼，
与我的一粒粒汉字通宵欢愉。
我为汉字而生，最后一粒，
遗留在凤凰台上，
一个人字，活生生的人，
没有脱离低级趣味，
街边撸串、喝酒、打牌，
与酒说话与梦说话，
然后，把这些话装订成册。

在南京，烈性的酒，
把我打回原形，原是原来的原，
从哪里来回哪里去，
没有水的成都不养鱼，
就是一个，老东西。

红照壁

我的前世，
文武百官里最低调的那位，
皇城根下内急，把朝拜藩王的仪式，
冲得心猿意马。照壁上赭色的漆泥，
水润以后格外鲜艳。
藩王喜红，那有质感的红，
丰富了乌纱下的表情，
南门御河上的金水桥，
以及桥前的空地都耀眼了。
照壁上的红，
再也没有改变颜色。

红照壁所有恭迎的阵势，
其实犯了规。这里的皇城，
充其量是仿制的赝品。

有皇室血统的藩王毕竟不是皇上，
皇城根的基石先天不足，
威仪就短了几分。
照壁上的红很真实，
甚至比血统厚重。
金戈铁马，改朝换代，
御河的水，流淌一千种姿势，
那红，还淋漓。

我的前世在文献里没有名字，
肯定不是被一笔勾销，
而是大隐。
前世的毛病遗传给我，
竟没有丝毫的羞耻和难堪。
我那并不猥琐的前世，
官服裹不住自由、酣畅与磅礴，
让我也复制过某种场景，
大快朵颐了。我看见满满的红，
红了天，红了地，
身体不由自主，蠢蠢欲动。

一垣照壁饱经了沧桑，
那些落停的轿，驻足的马，
那些战栗的花翎，逐一淡出，

片甲不留。

红照壁也灰飞烟灭，

被一条街的名字取代。

壁上的红，已根深蒂固，

孵化、游离、蔓延，

可以形而上、下，

无所不在。我的来生，

在我未知的地方怀抱荆条，

等着写我。

湖北青蛙

本名龚纯，在江汉平原农村长大，2000年外出谋生至今。业余写诗，发表无多，大部分诗作交付网络间。出版诗集《蛙鸣十三省》。

湖北青蛙

李元胜点评：

湖北青蛙的诗歌，独立于纷繁的流行写作之外。多年来，不管是在湖北还是外省，不管是在论坛时代还是微信时代，他都以旧书生的情怀去推敲着在现代化进程中日渐破碎的乡村和民间，在那些不可愈合的裂缝里辗转反侧。

在兴福寺

——与风的使者、小雅闲游并坐至兴福寺黄昏

枫香树稳坐在寺院里
有一句没一句地落着叶子

空心潭早已被开元进士看过
秋风在水上写草书

碑文上，如何辨识来去无踪的米芾
移步至池边，对睡意绵绵的白莲指指点点

浮身而出的小乌龟，也有千岁忧吧
得道的高僧睡在竹林，皆已解脱

我身上还有令人厌恶的欲望
我身上，还有盛年不再的伪装

此生毫无意义，偏爱南方庭院，小径
此生偶有奇遇，穿过不同命名的门楣

岁月望远，虞山十里南北两坡各有数百著名坟茔
落木萧萧，使长此以往的天空缓慢看见乌黑的鸟类

两三点雨，落得有甚纪念之意?
黄昏把我们放在它味道越来越浓毋须照料的笼子里

秋日湖上

落日五湖游，烟波处处愁。
浮沉千古事，谁与问东流。
——（唐）薛莹

祖国的江山并不严丝合缝
有时裂开来，隔着一条江，有的人就从北宋
搬到南宋，爱上了哀愁的艺术。

祖国的江山有时不尽指那四海，五湖
当你心中终于有岸上的妈祖，那一定是有几夜
甚至几十年，你搬到了太平洋居住。

我看到如此广阔、兼收并蓄的水域，烟波升起
而落日以倾其所有光芒的耐心，规劝我们回家——
乡关啦，在暮晚总是平添浓厚不一的寂寞，与忧戚。

那灯影里归来的古船，其踪迹早已被光阴打烂
而浪子回头的寺院，仍有新来的沙弥
为宿客指点世面上起伏不定，打瞌睡的江山。

我们问谁去呢，孤独是老天的义子，江山是水
和石头。

作品 53 号

天气很好，有个人坐在院子里吃晚餐
吃莲藕，吃土豆丝。
有个人冲他走过去。此时需不需要描写场景或气氛？
——他将礼物朝里头扔过去
——一百亩乃至一千亩灯火在湖中眨眼，月亮漂在水上
胜过大大小小的快乐。此时
需要再塑人物性格吗？
他突然看见，一只马脚麒麟
在万渡公园，不声不响地吃芍药。
黑暗中麒麟浑身是火，不声不响，大嚼芍药。
此时月亮，不知跑哪儿去了。此时
他能支配的画面很少，惟有孤独与想象力互相交错在一起：
湖面上月亮支离破碎，万渡公园生长芍药
生长玫瑰。
有个不成气候的导演，来到他的院子里，谈他的芍药
谈他的玫瑰，谈他的孤独
谈他的马脚麒麟
吃他的莲藕，吃他的土豆丝。

空中花枝

一大把年纪了，跑去看桃花
桃花此时正年轻
还是我五十岁时看过的样子
其枝老迈
其叶新鲜。我好久没买火车票了
好久没从王孙游
看见桃花，也算是旧情难忘
也算是老友重逢
仰望长空，扶花枝
风景正在成熟，白云刚刚装修过别人的屋顶。

在夜行客车上

冬夜，夜行客车在高速公路上飞驰
窗外数十万
老死不相往来的灯火，如此寂寞
如此多的人已经死灭——
灯火飘忽，还有人在蔓草中祭奠。

不要说河流，不要说石头
这一车陌生、流浪的人群，在茫茫夜色飞行

好像决心永不回来——
这宇宙的飞船，已离开众人视线
好像爱过的人停止呼吸，还有很长很长的时间
很长很长的距离，才在你的记忆中
彻底消失。

潜江竹枝词

早前这里是一片藕塘，坡岸上站着一排
观看同学的水杉。水杉。

如今万家宝已然逝去，有些人还有纪念之意
而臆造梅园与，故居。故居。

在其故居，我们说到我们的繁漪。看月亮时
月亮变成了悄悄升起的四凤。四凤。

我们制造了那场必然的相遇。相遇
孤独发热，寂寞变冷，感情在可爱的祖国大地上升温。

喜悦与，领悟。匆忙与，紧张
哀伤与，体力下降。这里坐着风光无限的人民。

这里坐着夕阳西沉后的戏剧。火车上方
跟着向南飞的燕子。燕子。属于我们的幕布缓缓拉开：

月亮重新出来。水杉没有意识，夜色这么深
如何摇晃我们的同志。同志。

我们院子里的阳光

上一星期，我在晾衣架上挂出我洗的衣物
衣物下面，冬瓜藤爬向四周
阳光很热烈。摸着衣服的边儿，我想说出感谢
一个人的衣物，阳光照顾得周到缜密，以至于飘出香味

明月书

如果你们，步入老年，大概我已经死去很久
明月还会无情地来到窗前，不会掉到地上
摔成碎片。
你们观察小区路面，抬头望天空除了它
一无所有。

我哪里还会以宇宙的荒凉感造访你们，造访
也没有脚步声。
走过布满石头，樟树阴影的晚间小径
让人生出人世间那种告老还乡般的
陌生灵魂。
明月下，一时间，诞生满地酒鬼！
久候的阳光少年抽身而去
头也不回
明月却反复来到窗前——
这个感情骗子没有燃烧的时刻
你们仍会好奇地望着它，想点儿什么
直到天地的立法者到来
将它收走。
夜晚交替白昼。李白交替杜甫。
我完成我的命运。
中年后，我看明月越来越像只猛虎
不可骄纵，不可入怀，摸着它的头
哭泣或倾诉。
睡不着，可以整夜看它在湖中游泳。
当你们年老，它应已穿过千秋万代的人群
增加了一点点人性。

三月里的小雨

此时天空很空，白云从潜意识的赣州
飘移至他二叔的当涂。

一个人安置在这少年的雨夜，犯糊涂，起冲突
需要承受不能自持的，百般温柔。

那窗外的象山情同骨肉，画上的四美人
帮助我挨度困难的白昼。

春情泛滥的土地，三月里的小雨多
且异于必然，与偶然的女性。

可以说，见过面的木樨还没有失魂落魄的香气
可以说，孤山寺北贾亭西，水面初平云脚低

山间公路在运一车上上下下的铝锭。龚宜高
龚定盦，写诗在三月，在己亥。

勿论我已五十有四，勿向我展示玄武湖，桃叶渡，安南
鸡公寺，身上永远的汴京与柳枝。

勿动我茅草屋之柱石，勿怪责田畴湿滑反复趔趄
他二叔读旧时笔记，觉心虚而肾亏。

在二十年代的人们中间

早年，我一穷二白，念书念到高石碑中学
一个叫董福珍的同学，喜欢叫我的名字
带给我几本文学杂志。

我们出墙报，墙报上有女生曹雪芹的诗
我羞涩地押着韵
墙报上，也出现了我的句子。

那时候，我常旁听一些演讲，用以跟上时代步伐。
万家宝同学，在台子上粘胡子
他的戏，也快写到男女感情纠葛了，而胡须
还没长出来。

老师们，都是日后的大师。
有的腹部柔软，一款围脖度过了隆冬
有的思想进步
用语文，秘密从事着研究。

不管怎样，更多的人盼望着恋爱
但亦有侠骨嶙蹭，离黍哀郢，一眼望过
湖北一带的麦子。

而我仍是一幅青蛙的丑模样，站在操场上
茫然四顾：春天就要来了
经过五十余年的活动
不要命的忧伤，缓缓上了心头。

余笑忠

1965 年 1 月生于湖北省蕲春农家。1982 年考入北京广播学院文艺编辑系。1986 年大学毕业后供职于湖北人民广播电台。曾获《星星诗刊》《诗歌月刊》联合评选的“2003 中国年度诗歌奖”、2006 年度“后天”诗歌奖、第三届“扬子江诗学奖·诗歌奖”、第十二届“十月文学奖·诗歌奖”。现兼事微信公众号《遇见好诗歌》主持。

李元胜点评：

余笑忠以深厚的功底和娴熟的诗艺，能把小诗写到空阔无边，很值得学习，比如自选十首里的《木芙蓉》，就是这样的案例。

雨

每一场雨中，我看到的只是
雨的背影

它明亮的前额另有所属
我看到的只是拖泥带水
旋即进入大地的雨

我们在地上的日子何其短暂
每一场雨，都在为我们探路

那些被车灯照亮的雨
有着被惊醒的小兽的面容
而你，正是其中的一个

我所经历的每一场雨
是千万个不知深浅的你
一起赴汤蹈火

仰望

有时，你会手洗自己的衣服
你晾出来的衣服
滴着水

因为有风，水不是滴在固定的地方
因为有风，我更容易随之波动

我想象你穿上它们的样子
有时也会想，你什么都不穿

那时，你属于水
你是源头
而我不能通过暴涨的浊流想象你

那时，你属于黄昏后的灯光
我可以躺下和你说话
而倾盆大雨向我浇灌

从来如此：大雨从天上来，高过
我，和你

凝神

这一刻我想起我的母亲，我想起年轻的她
把我放进摇篮里

那是劳作的间隙
她轻轻摇晃我，她一遍遍哼着我的奶名

我看到
我的母亲对着那些兴冲冲喊她出去的人
又是摇头、又是摆手

愤怒的葡萄

干瘪、皱缩的
我们吃，我们吃
一颗颗微缩的老脸

酿为酒液的
我们喝，我们喝
如歌中所唱：让我们热血沸腾

落在地上
任我们践踏的
我们踩，我们踩，一群醉汉起舞

当野火烈焰腾起，每个人
都有向那里投去一根木头的冲动
投掷的冲动

仿佛真有一种葡萄，叫作愤怒的葡萄

笨拙的模仿

它的步态缓慢，它蹲伏的姿势
近乎虔诚。它不外出觅食
不理睬歪斜着身子
前来调情的公鸡
它像一个瘾君子，闭着眼睛
沉醉于它的白日梦，它好似
白日梦孵着的一枚蛋
它的身下没有一枚蛋

当你呵斥它，把它从窝里驱离
它报以不满的怪叫

不一会儿，又折回窝里
那稻草铺就的，满是羽毛和绒毛的
它独享的小小乐园

我几乎被它想作母亲的渴望打动了
但为了对它的空想作出惩戒
它会被人一把拎出来
往它的鼻孔里插上一根羽毛
如果它还要赖在窝里，就会把它的头
按进水中。这最狠毒的清醒疗法
简直把它吓成了木鸡

它不可以和母鸡平起平坐
在雏鸡身边，带着耻辱标记的它
会被它们真正的母亲
频频驱赶

二月一日，晨起观雪

不要向沉默的人探问
何以沉默的缘由

早起的人看到清静的雪
昨夜，雪兀自下着，不声不响

盲人在盲人的世界里
我们在暗处而他们在明处

我后悔曾拉一个会唱歌的盲女合影
她的顺从，有如雪
落在艰深的大海上
我本该只向她躬身行礼

木芙蓉

如今我相信，来到梦里的一切
都历经长途跋涉
偶尔，借我们的梦得以停歇

像那些离开老房子的人
以耄耋之年，以老病之躯
结识新邻居

像夕光中旋飞的鸽子
一只紧随着另一只

仿佛，就要凑上去耳语

像寒露后盛开的木芙蓉
它的名字是借来的，因而注定
要在意义不明的角色中
投入全副身心

废物论

我弯腰查看一大片艾蒿
从离屋舍之近来看，应该是
某人种植的，而非野生
药用价值使它走俏
艾蒿的味道是苦的，鸡鸭不会啄它
牛羊不会啃它

站起身来，眼前是竹林和杂树
一棵高大的樟树已经死了
在万木争荣的春天，它的死
倍加醒目
在一簇簇伏地而生的艾蒿旁
它的死
似乎带着庄子的苦笑

但即便它死了，也没有人把它砍倒
仿佛正是这醒目的死，这入定
这废物，获得了审视的目光

围墙

有人喜欢竖起
一长溜敲掉了一截的啤酒瓶，为围墙
再添一道屏障
以尖利的玻璃，防范难测的
世道人心

那尖利的玻璃并非嗜血成性
被砌在围墙上，更像是
受苦刑的罪人，构成的一道防线

它们会梦见风筝
梦见大雪
梦见自己
被大雪覆盖，又被雪人
紧紧拥抱

哦，乖

有时我们从梦中突然惊醒
像碰到了烫手的东西
有时我们在梦中短暂拥有的
像窃取的某样东西
而我们不复拥有的
像一只狗向你跑来
打听它的兄弟姐妹
或它们的
葬身之地

潘洗尘

1963年生于黑龙江，1986年毕业于哈尔滨师范大学中文系。上世纪八十年代，开始诗歌创作，先后出版诗集、随笔集12部。曾获《绿风》奔马奖、柔刚诗歌奖、《上海文学》奖、《诗潮》最受读者喜爱的诗歌年度金奖、《新世纪诗典》李白诗歌奖成就奖、2016年度中国十佳诗人等多种诗歌奖项。

李元胜点评：

潘洗尘有自己偏好的题材领域，比如亲情，比如生死……同时，他善于从日常生活经验中找到诗歌的线索和细节并展开自己的沉思。他的诗朴素简洁，是抒情和幽思的很好融合。

熄灭

一盏灯从我的身后
照耀经年
我总是抱怨她的光亮
经常让我无所适从
无处遁形

现在她在我的身后
熄灭了缓缓地熄灭
突然的黑一下子将我抓紧
我惊惧地张大嘴巴
却发不出声

学习

整个秋天　每个清晨
我都要花上几个小时时间
注视窗前的这片稻田
直到正午的阳光　翻滚着
打在稻芒上

这时　我的心里就会有蒸气
溢出来　正是眼前的这片稻田
教会了我
怎样与土地相处

而到了晚上　当稻田在月光里睡去
我就会把一天的心得
告诉我的小狗　与小狗
这中秋之夜我身边唯一的情人和朋友
交谈　窗外的月光如水
我的内心也柔情似水
现在　我也只能把具体的爱
给我的小狗　也同时向我的小狗
学习道义　学习
最纯粹的爱

去年的窗前

逆光中的稻穗　她们
弯腰的姿态提醒我
此情此景不是往日重现
我还一直坐在
去年的窗前

坐在去年的窗前看过往的车辆
行驶在今年的秋天
我伸出一只手去想摸一摸
被虚度的光阴
这时电话响起
我的手并没有触到时间
只是从去年伸过来
接了一个今年的电话

肥料

我在院子里
栽种了 23 棵大树
银杏、樱花、樱桃、遍地黄金
紫荆、玉兰、水蜜桃、高山杜鹃
她们开花的声音
基本可以覆盖四季
每天　我都会绕着她们
转上一圈两圈儿
然后　想着有一天
自己究竟要做她们当中
哪一棵的　肥料

我的爱

我的香烟
我的足球
我的诗歌
我的爱人
从前　我的爱
桩桩件件都大过生命

现在　请允许我后退半步
多爱一点
自己残存的生命

以积蓄微弱的能量
继续爱

致女儿——

从 8 岁到 13 岁
你把一个原本我
并不留恋的世界
那么清晰而美好地

镶嵌进我的
眼镜框里

尽管过往的镜片上
仍有胆汁留下的碱渍
但你轻轻地一张口
就替这个世界还清了
所有对我的
欠账

从此我的内心有了笑容
那从钢铁上长出的青草
软软的　暖暖的
此刻我正在熟睡的孩子啊
你听到了吗

自从遇见你
我竟然忘了
这个世界上
还有别的——
亲人

深夜祈祷文

深夜里的这个瞬间
让我再一次抵达了一天中
最明媚的时刻
为什么人或什么事
我刚刚放声痛哭过
感谢这深深的夜
把自由、天意和福祉
带给一个内心灰暗而
深情的人

我不会为在明天的阳光或
暴雨中再遇到什么人或
什么样的命运而
浪费一分一秒
此刻　我每多写下一个字
这宝贵的黑夜都可能被
黎明删除
我要深深地　深深地闭上
什么也看不见的眼睛
哪怕用废自己的身心
也要为每一个善良或
不善良的人

再做一次
祈祷：

我看见了妈妈肺部的肿瘤
正渐渐缩小

这是什么样的恩泽啊　我将
用刀刻在心上
为此我祈求上天：
也迟一点给那些坏人报应吧
我这带病之身愿意死上千次万次
也要帮他们在遭报应前
一个个都变好

惜——

我用大半生的时间
换了不到 300 首诗
她们大多都与土地　时间
以及生命有关

如果你能从这一堆词语中
读出一个字——惜

我这大半生啊
就没白写

生命如何延续

这些年　我拼命地种树
想若干年后
让它们替我活着
因此我总是选那些
习性与我相近的品种
但我忽略了　自然界的任何物种
包括人类的基因突变
随时都可能发生

于是　我只有写诗
并且只写那些
与自己的生命
血脉相连的诗

我时刻提醒自己
要尽可能地使用
最有限的字与词
以期此刻不再过度消耗

自己的气力
将来也不致于过多浪费
他人的生命

消失的词语

去年的一场大病
让一个词
从此离开了我的词典
以后——

就像母亲去世后
我再也不会使用的两个字：
妈妈

而半个世纪前
一个诗人说：
相信未来
但五十年过去了
谁又能告诉我
你曾经相信的未来
此刻已轮回到了哪里

傅天琳

出版诗集、散文集、儿童小说集20余部。作品曾获全国中青年优秀诗歌奖、全国首届优秀诗集奖、全国第二届女性文学奖、《人民文学》《诗刊》《中国作家》《星星》优秀诗歌奖、第五届鲁迅文学奖、冰心儿童图书奖。已由日本、韩国翻译出版诗集《生命与微笑》《五千年的爱》。

李元胜点评：

傅天琳是新中国“奉献的一代，沉默的一代，悲壮的一代”的诗歌代言人。作为一个有着天赋和洞见的诗人，傅天琳以自己的热情和力量理解着命运，她代言着悲壮的一代，语句却沉静圆润，朴素优雅，毫无悲声，表达着她和同代人内心深沉的爱和尊严。

给母亲过生日

母亲，你早已不在世上
我跪在钟表的废墟上给你过生日
时针甩开它的小蹄子一路疯跑
你知不知道今天你都一百岁了呀
你把黑夜深深吸进自己眼瞳
留给我们的永远是丽日蓝天
你早已凌驾于风之上霹雳之上
一切屈辱与蹂躏之上。但是有了今天
时空就是一种可触摸的亲切物质
就是你重孙子手里这块酥软的蛋糕

让我们回到三岁吧

让我们回到三岁吧
回到三岁的小牙齿去
那是大地的第一茬新米
语言洁白，粒粒清香

回到三岁的小脚丫去
那是最细嫩的历史
印满多汁的红樱桃

三岁的翅膀在天上飞啊飞
还没有完全变为双臂
三岁的肉肉有股神秘的芳香
还没有完全由花朵变为人

一只布熊有了三岁的崇拜
就能独自走过百亩大森林
昨夜被大雪压断的树枝
有了三岁的愿望就能重回树上

用三岁的笑声去融化冰墙
用三岁的眼泪去提炼纯度最高的水晶

我们这些锈迹斑斑的大人
真该把全身的水都拧出来
放到三岁去过滤一次

柠檬黄了

柠檬黄了
请原谅啊，只是娓娓道来的黄

黄得没有气势，没有穿透力
不热烈，只有温馨
请鼓励它，给它光线，给它手
它止怯怯地靠近最小的枝头

它躲在六十毫米居室里饮用月华
饮用干净的雨水
把一切喧嚣挡在门外

衣着简洁，不懂环佩叮当
思想的翼悄悄振动
一层薄薄的油脂溢出毛孔
那是它滚沸的爱在痛苦中煎熬
它终将以从容的节奏燃烧和熄灭
哦，柠檬

这无疑是果林中最具韧性的树种
从来没有挺拔过
从来没有折断过
当天空聚集暴怒的钢铁云团
它的反抗不是掷还闪电，而是
绝不屈服地
把一切遭遇化为果实

现在，柠檬黄了
满身的泪就要涌出来
多么了不起啊
请祝福它，把篮子把采摘的手给它
它依然不露痕迹地微笑着
内心像大海一样涩，一样苦，一样满

没有比时间更公正的礼物
金秋，全体的金秋，柠檬翻山越岭
到哪里去找一个金字一个甜字
也配叫成果？也配叫收获？人世间
尚有一种酸死人迷死人的滋味
叫寂寞

而柠檬从不诉苦
不自贱，不逢迎，不张灯结彩
不怨天尤人，它满身劫数
一生拒绝转化为糖
一生带着殉道者的骨血和青草的芬芳

就这样柠檬黄了
一枚带蒂的玉
以祈愿的姿态一步步接近天堂
它娓娓道来的黄，绵绵持久的黄
拥有自己的审美和语言

窦团山问

谁最静
谁最从容，谁最沉稳

谁能在山水里一坐千年
谁仅凭一座星空几滴鸟鸣
嚼墨弄文

随身行囊要尽量的空
尽量的轻
谁舍得把功名、利禄
统统扔掉！谁舍得捣碎

捣碎自己的明月
捣碎词语制造的娴熟技艺

谁的心为石头而软
谁的血为杜鹃而红
谁的足趾生满云雾和花香

谁能走进拔地而起的窦团山
将旅途坦然悬挂于绝壁

谁能喝粗茶吃淡饭穿布衣
采四海朝露，获取天地间
绵延不绝的生命气息

谁愿做那棵千年黄连树，苦着
却枝繁叶茂
谁能还原一个唐朝诗人

看书法

自李白以来
喝一滴月光即醉。醉过之后
必须借诗仙的一轮满月作砚

磨徽墨
铺宣纸
蘸桃花潭水润笔

接下来看你悬肘
看你挥动长锋狼毫，看一路醉步的书法
看纸上，啸声四起

看你手指的无限延伸
看你笔下的焦、浓、厚、湿
气、象、风、云

看你如何握住细微的一发千钧之力
看你最后一笔，若有若无
如何雅致地淡出

直看得洛阳纸贵宣州纸更贵
看书法的人更醉

玻璃桥

峭壁如削！现在我就站在
峭壁之上的虚空里

腿软，恐高，小心脏几次跳出来
又几次被摁回去

只敢平视、斜视、远望
望对面悬崖，几疑上过琉璃釉

白太阳还在一遍一遍反复涂抹
微微发蓝、发青

有鸟飞过。其中一只已经两鬓斑白
脸上挂着与我相似的表情

它用叫声撞响石壁
就觉得是岩石在叫，一座天空在叫

白云轻盈如絮，一挂一挂
就觉得是从地里刚刚长出来的

树尖新叶如花，一团绒毛球球
就觉得聚集了一股蓬勃向上的气息

苍山如海！这个上午有多宽
我的心情就有多宽

最后，我将目光垂直放下，放下
放进谷底

人生何其不易
我还要看看自己的深渊

我为什么不哭

我为什么不哭
你给了我哭的时间吗

我唯一的母亲，那么多母亲被掩埋
我唯一的孩子，那么多孩子被掩埋
我唯一的兄弟，那么多兄弟被掩埋

我得刨，加紧刨啊
我刨了三天三夜，还在刨
我刨了九天九夜，还在刨

就当我是那条搜救犬吧

从泥石里，从钢筋瓦砾里
从窄窄的生命的缝里，一刻不停地

我在和谁竞赛，我必须赢
我必须早一秒到达
早一秒，废墟里的太阳就刨出来了

我必须从自己的废墟起身
必须认识灾难
必须向黑色聚拢

没有路
我必须携带着自己的道路而来
犹如携带着伤口而来

天崩地裂
悲痛那么宽

悲痛是一种多么巨大的力量
大地突然间生出那么多感动，泪水，敬意
和照耀

我的爱从来没有这样沉重这样饱满
我必须是我家乡的春天
我必须是重新的花香

我为什么不哭，我能不哭吗
尤其面对一长排一长排
色彩明丽装满朗朗读书声的书包

尤其面对散落的课本
天堂里的白蝴蝶
纷纷起舞，像滔滔的翅膀

我能不哭吗
我还是不能哭

我得加紧刨啊
偶尔打个小盹
我也在用梦的爪子来刨
用大把大把的眼泪来刨

我的孩子

我的孩子
我是你的妈妈

我的盛开的花朵
我的蓓蕾
我的刚刚露脸的小叶子
你听见妈妈的呼喊吗

我把我大大小小的孩子弄丢了
妈妈的心撕裂了

从此你只能从树根，草根中吮吸乳汁
一切植物的，还有动物的乳汁

你要多多的吸啊，不要挑食
吮吸那些你不熟悉的
石头的，煤的，一切矿物的乳汁

妈妈也是才明白
有时，时间是不善的
挟持你，逼你交出体温

假如还能重来
我要把你们一个一个全都装回肚子里

你是我伤口里的晴天霹雳
整整一夜，不，整整一生
我都蜷缩在巨大的哀乐中
我的孩子

你能穿过石块，钉子和无边的黑暗
循着妈妈的声音摸到回家的门吗
我的孩子

不要哭
现在我们来玩捉迷藏的游戏
看谁最早捉到凌晨的第一株光线

天空的门永远不会关闭
快去吧去一个有光亮的地方
看啊天使选中了你的嘴唇
上帝搭乘你的翅膀起飞

我肉嘟嘟的干干净净的孩子啊
你一定要保持露水一样的晶莹

你已经独自扛起了一座废墟
你的坚强，勇敢，镇定
让群山低下头来
江河向你致敬

人生还有多少作业
孩子啊把你未完成的苦难交给我

你冷吗
妈妈正细心剪裁一小块一小块黑夜
作你棉衣的衬

你什么时候送信来
我会把遍地小花小草
当作你细细碎碎的鼻息

今天，妈妈在暴雨中高擎闪电
战栗着，克制着
用雪亮的一笔，为你写诗
你要记住我爱你我的孩子

墓碑

我逆血而来
看望九百九十九座坟茔
我的天空呼啸着淌泪

满眼墓碑
赠我众多儿女的名字
母性悲恸无声
我怎能体会四月在这儿的残酷
怎能咀嚼红土和蕉叶的火焰
怎能抵御箭茅草异样的体香

这些年轻的墓碑
十八九岁的枪支
像从土地长出的庄稼
刚刚拔节，灌浆

来不及收获就倒下了
我想，他们和它们
有如人的信仰和枪支的宗教
已合为一体
共同的沉默公式和牺牲法则
讲出了夜是自己的
白昼属于花鸟

我站在巨大的伤痕里
阅遍天体和掩体
我听见灵魂附在耳边说
士兵，是短暂而不朽的亘古式枪支
枪支，是英俊而潇洒的亚热带型士兵
士兵在光荣的深处
枪支在艰难的壕堑
相互拥抱，追溯彼此的起源

此刻，凝固的血
以新的平静汹涌
坟茔佩戴着新的露水和鲜花
为沉思而沉思
战争一身鲜红地流入苍翠
灌溉历史
无愧于最高的山峰

而我诗的坡度
始终难与痛惜平衡
万古青苍之下，哀乐轻抚
流水潺潺
我相信每块石碑都在倾听

科罗拉多大峡谷

科罗拉多大峡谷
是科罗拉多高原
被科罗拉多河一刀一刀刻蚀出来的

最早的一刀
刻于十八亿年前
长达数百里的高原刑场
造就了地球最伟大的地质杰作

刑场的横切面
一座露天博物馆
不同年代的灿烂岩石发出凛冽之光

梦幻中的蝴蝶
强悍而脾气暴烈的鹰

疲惫的双翼垂悬
它们最终没能飞出峡谷的大门

这时谁还能说出身在何处
神把我领进峡谷，神却不见了
留我一人辨认来路
一句诗投向苍茫，没有回音
它远不如古老印第安人投出的一只飞镖

这时谁还能知道自已是谁
谷线最表层的石灰岩
距今也有两亿多年
人啊人啊连附着在岩石上的灰尘都不是

夜雾袭来
将巨大的科罗拉多峡谷轻轻抱起
随即，又一片岩石的意志开始松动
它的记忆穿越时空无限地沉默着延伸着
让我震撼直至恐惧

我只能掏出从中国带来的一群意象
跟随对面山顶的瀑布
冒着粉身碎骨的代价去突围

冯娜

1985年出生于云南丽江，白族。毕业并任职于中山大学。中国作家协会会员，广东文学院签约作家。著有《无数灯火选中的夜》《寻鹤》等多部诗文集。曾获华文青年诗人奖、全国少数民族文学创作骏马奖。参加二十九届青春诗会。首都师范大学第十二届驻校诗人。

李元胜点评：

丽江的女儿冯娜，有着独到的对少数民族边地文化的审视和理解，她关注当代社会的复杂性并因此有着与众不同的角度，感性和理性有着很好的融合，从而呈现出一种别致的智性之美。

博物馆之旅

没有声音的朝代，超过了后代的理解力
一代人的器皿，保存着他们的雨水和心智
我相信重复，也是创造历史的一种方式
——或者，是众多的重复延续了历史

献身于某颗星辰和它不可知的轨迹是愚蠢的
相信星象坦荡则更加愚蠢
一行经文获得无数版本的赞颂
如今，隔着冰冷的钟罩
我们活捉了一个伟大国家的祷告

那些在旷野里逃窜的、在海峡溺毙的
罕见的、庞大的白垩纪物种
想象它们和我们一样目光发烫，辨认着未知的来客
来自地心深处的背叛
繁衍出岛屿、密林、始祖鸟多余的翅膀
此刻灯光盘旋，为它们注入新鲜的死亡

时间的暗道和窄门，被推开、掩埋
一尊远渡重洋的雕像
眉宇与我们相仿
而我们
我们正在为尘埃和海水的重量争论不休

陌生海岸小驻

一个陌生小站
树影在热带的喘息中摇摆
我看见的事物，从早晨回到了上空

谷粒一样的岩石散落在白色海岸
——整夜整夜的工作，让船只镀上锈迹
在这里，旅人的手是多余的
海鸟的翅膀是多余的
风捉住所有光明
将它们升上教堂的尖顶

露水没有片刻的犹疑
月亮的信仰也不是白昼
——它们隐没着自身
和黝黑的土地一起，吐出了整个海洋

朗读

一个人读到孩子，笑了一下
一个人读着悲剧，神色凄惶

有人清了几次嗓子
在不同的声调中，我听到了他们的所愿
跟他们在市井中的所愿一样
跟他们在床榻、银行、荒野中的所愿一样

人们朗读，有时像在探视监狱
钥匙在其他听不见的人手上
有时，停顿就是关闭一座危城
没有更饱和的空气传递想象的旋涡

人们很少跟踪自己的声音
很少理解自己的呼吸在别人体内发烧
他们中的大多数，只敢想一想逃亡
想一想杀戮。他们朗读时
克服着坠落的快感
轻一点，再轻一点，以不误入别人的地狱

有人在朗读前，要求喝一杯冰水
有时，他不能得偿所愿
一个人托着腮，口齿含糊
一个人读到灵魂，不由往身后张看了一眼

出生地

人们总向我提起我的出生地
一个高寒的、山茶花和松林一样多的藏区
它教给我的藏语，我已经忘记
它教给我的高音，至今我还没有唱出
那音色，像坚实的松果一直埋在某处
夏天有麂子
冬天有火塘
当地人狩猎、采蜜、种植耐寒的苦荞
火葬，是我最熟悉的丧礼
我们不过问死神家里的事
也不过问星子落进深坳的事

他们教会我一些技艺，
是为了让我终生不去使用它们
我离开他们
是为了不让他们先离开我
他们还说，人应像火焰一样去爱
是为了灰烬不必复燃

纪念我的伯伯和道清

小湾子山上的茶花啊，
请你原谅一个跛脚的人
他赶不上任何好时辰
他驮完了一生，才走到你的枝椏下面

与彝族人喝酒

他们说，放出你胸膛的豹子吧
我暗笑：酒水就要射出弓箭……
我们拿汉话划拳，血淌进斗碗里
中途有人从外省打来电话，血淌到雪山底下
大儿子上前斟酒，没人教会他栗木火的曲子
他端壶的姿态像手持一把柯尔特手枪
血已经淌进我身上的第三眼井
我的舌尖全是银针，彝人搬动着江流和他们的刺青
我想问他们借一座山
来听那些鸟唳、兽声、罗汉松的酒话
想必与此刻彝人的嘟囔无异
血淌到了地下，我们开始各自打话

谁也听不懂谁而整座山都在猛烈摇撼
血封住了我们的喉咙
豹子终于倾巢而出应声倒地

雾中的北方

清晨出门的人是我
一个从高山辨认平原的人

大雾就是全部的北方
即使在创伤中也只能试探它的边沿
我猜想它至少活过了耳顺的年纪
那些荨麻、棉花、呼啸沉进大地的钻井
都通通被施以迷途

我还是看见了北方的心痛
被铁轨攥紧松开松开攥紧
大雾弥漫
每一块好肉都钻心刺骨
过路的人是我
——说谎的人是我

弗拉明戈

我的步履疲惫——弗拉明戈
我的哀伤没有声音——弗拉明戈
用脚掌击打大地，是一个族裔正在校准自己的心跳
没有力量的美以美的日常显现
弗拉明戈——
流淌着贫病、流亡的血和暴君偶然的温情
越过马背的音乐，赋予肉体熔岩般的秉性
流浪者在流浪中活着
死亡，在他们渴望安居时来临
谁跳起弗拉明戈
谁就拥有世上所有不祥的欢乐
谁往前一步，谁就在不朽的命运中隐去自己的名姓
弗拉明戈——我的爱憎不分古今
弗拉明戈——我的黑夜曾是谁的黎明

猎枪

我默记它的顺序：开膛、填进火药铁弹子、上膛
捂着左眼模仿真正的猎人怎样用一只眼瞄准
一只鸟掉下去，山林抖过之后跌进更深的寂静
铁质的冰冷，冒着生灵附体的腥气

成年后我常常会在人群中嗅到这种气味
我知道扣动扳机的时刻和走火的瞬间
我知道在一个不允许私人持枪的国度
太多人空着的胸膛

回声

——致卡伦·布里克森

你到达的地方，东南方向
长眠着一位我喜欢的作家
我测算过那些经度和维度网罗的春天
她的灵魂干渴
却再也不需要更多的传记

在那里，你、我，和她一样
可以从任何自然的事物中获得完整的形体
一个傍晚，你要雕塑我的嘴唇
一座塔楼远离墓园
你让她从我喷泉般的语调中复活：
咖啡树林、受伤的狮子、三支来复枪……
文稿在烛火中燃尽
谁继承了这痛苦而热情的天赋
我又一次在空中目睹那动荡之地
一动不动的容颜

她走过漫长的峡谷，和你一样
肉体像日光一样工作
去辨识每一种香料根茎、花朵、树皮的差异
在这里，死亡满足了所有人的幻象
在这里，富有和贫穷是等值的
她在我头顶举起树荫
呵，我从来不曾相信墓志铭中的谎言
雨水却盛满中国南部的咸味

“不，不要再开口祈祷”
你说，美用不着石碑上冷冰冰的纪念
河水的反光，让我有片刻的晕眩
人们那些可怕的念头、过度的怯懦
摇晃着船只
我盯紧水中的光芒
我和她一样，并非是人类中最虔诚的信徒

在你离开的第十一个昼夜
我就发明了一个新的地理坐标：
她穿过市集、修道院、农场、穷人的窗台
在悬崖边上站了一会儿
扭头对我说出了那个词——

康雪

曾用笔名夕染。1990年生，湖南新化人。曾获诗同仁2016年度诗人奖、2016年湖南年度青年诗人奖，有作品发表于《人民文学》《诗刊》《十月》《花城》等。参加第34届青春诗会，出版诗集《回到一朵苹果花上》。

李元胜点评:

年轻的康雪，带来了新一代在诗中看待世界的视角，以及他们有差异的生活和生命体验。要完成这个任务，必须要适当抗拒前辈们看待和吸取经验的方法，她成功了，以天性中的朴素和机敏掌控出了自己的言说方式。

静止

钟表上的时间，永远停在了
九点四十二分
零八秒。

与其说它坏了，还不如相信
它对这个尘世，终于动了恻隐之心。

回家

从车上下来，安静极了
这里的阳光只像阳光，风只像风
这里的路
只用来慢慢走
水牛也只是
吃草的水牛。不看你
也不看
玉米不及腰深，西瓜藤才开小花。

同类

我喜欢这个人，他的笑容
有些空旷的样子。甚至有时候，会啪嗒啪嗒
掉下水珠
但他从来不承认这一点
也许他自己并不知道。我也是第一次发现的——
一个人的笑容有些漏雨。

融化

有一种鸟叫肯定特别好听。
就像一群孩子，飞快地跑过树下

这时，雪簌簌地
从枝头上落下来

地面的每一双脚印，都会自己走回去
找到消失的人。

致陌生人

我们都太孤独了。但走进
餐馆
仍会选择无人的桌子

冬天多雨，阴冷
比起开口说话，冒着热气的面条
更让人心窝一暖。

我们都太孤独了
但刚走出门，就闻到蜡梅香
像无偿获得一种，很深的情谊。

墓志铭

问出的话是黑色的。被答出的
是皎洁。我活在低处，但高空必然
有颗与我重叠的星辰。
我有幽静的伤口，在躯体之外
我有浩瀚的爱意，但拥挤在一滴雨中。

我数月前埋下的花种
一朵芽都没有长出，我无梦可做。
但亲爱的妈妈
一个人最后毫无骄傲可言。我能爬上
悬崖，却爬不过自身的陡峭。

我从未这样爱过一个人

在葡萄园里，踩着他的脚印
雨后的泥土，这样柔软
像突然爱上一个人时，自己从内部深陷

可我从未这样爱过一个人。

从未在天刚亮时，就体会到天黑的
透彻和深情。
这深情，必是在远方闪耀而仍被辜负的群星。

我真从未这样爱过一个人。

在葡萄园里，我知晓每一片空荡的绿意
却不知晓脚印覆盖脚印时
这宽阔而没有由来的痛楚。

水牛

它吃草的样子，真是温柔。
它的尾巴
甩在圆圆的肚子上，也是温柔

它突然侧过头看我，犄角像两枚熄灭的
月亮，但它的眼睛
黑漆漆的，又像蓄满了水。

我们短暂的对视，再低头时
它脖子上的铃铛发出
轻微的响声——

我们就这样交换了喜悦，我们将
在同一个秋天成为母亲。

道路

天空中飞鸟的曲线
石头下虫蚁细小的足痕
植物叶脉里奔腾的水

那么多神秘的路途
我永远无法踏入，但婴儿能

我的婴儿刚学会坐立
庞大而美丽的地球在她的臀部下方
缓缓转动

她很快就会行走
她生来就在行走。

婴儿与乳房

以前不知道，天生柔软的乳房
能变得比石头还坚硬
不知道石头里有河流
河流里有怎样壮阔的温柔与暴力
这暴力是婴儿独自承受的。

以前不知道
不是一生下婴儿就能成为母亲
不是掏出乳房就能轻松地
喂养这个世界

是婴儿，以非凡的耐心
慢慢教会一个人成为了母亲。
是婴儿
让普通的双乳有了潮起潮落
有了月亮一样的甜蜜盈亏

是婴儿，平衡了一个母亲乳房内部
与外界无垠的疼痛。

马行

生于山东，毕业于南京大学，近些年时常潜行在罗布泊、羌塘、阿尔金山等地质勘探区。作品多关注地理、地质、勘探题材。出版诗集《无人区》。获山东省泰山文艺奖、中华铁人文学奖、宝石文学奖等。

马行

李元胜点评：

行者马行，人如其名，诗如其名。西部行走的体验，让他的诗歌有一种格外的自由，信手拈来，寥寥几句，却见性情，见人性，见西部的无限辽阔。

帐篷门口

山东的十九年，加上林海雪原
加上陕北神木县的山岭，加上府谷县赵五家湾的两年半
加上塔克拉玛干沙漠，加上酗酒
加上膝伤，加上准噶尔
在青海地质勘探区，又加上昆仑山、落日、狼毒花
现在我来到海边，坐在帐篷门口的
是午夜，加上满天星辰

在通天河大桥上

通行，并不是最要紧的
海拔 5300 米的通天河大桥，向我启示，它其实不是一座桥
而是一架天梯

抬头再望，天上多寂寥，把它当作桥的人
都到河那边去了

大风

塔里木，大风分两路

一路吹我

另一路跃过轮台，吹天下黄沙

从天山向北

从天山向北，整个准噶尔盆地

加速，再加速

就在古尔班通古特沙漠边缘，东经 91° 23、北纬 44° 16

一棵小野菊

拦住了我

她小小的，瘦瘦的，似乎迷了路，在我的地质越野车

轮前

举起了，淡黄小花

太行山上

那朵大白云
上午山右，中午山左

娘子关没有了风，整个天空越来越轻
轻得像蝴蝶飞

那朵大白云，还愿意
回到尘世吗

此时，我坐在石头上歇脚，那朵大白云，领着几朵小白云
在前面等我

青海草原上

那么高那么远的草原上，只有那一个小院
梯子竖着
土墙下，停着一辆木板车
那是大朵的格桑花，在青海西，再次盛开

那小院，看上去
多么眼熟，仿佛很多个很多个世纪以前
有一个人把院门打开
等，等我此刻
再回来

塔克拉玛干

跪在沙上
我患有风湿关节炎的双膝
多舒服
无边的，微微的烫，像整个宇宙的跌打膏药

我坐在昆仑山的石头上

整个下午
我坐在昆仑山的石头上
一动不动

那些大大小小的石头，浅浅的野草
肯定以为我是一块
新来的石头

望着一个个山峰，天上云朵，飞来的鹰
我如果一直坐下去
也许真能成为
一块石头

这多好，可南望佛国
怎奈突来的一阵大风，却把我的长发
吹动

小蒿草

小蒿草坐着，我也坐着
整个上午
我们肩并肩，坐在念青唐古拉北麓，海拔 4000 米的
山坡上

小蒿草，她到底是小女妖
还是小仙女?

刚才，风一吹，我居然看见她怀中有小花
羞涩地
露了出来

我的罗布泊

大风累了，沙石老了

不见前生，也无来世。大凡来这儿的
我都认识
要么是我的勘探队兄弟，要么就是急于找到水源的
野骆驼

这儿没有任何退路
请你不要学我，把整个俗世都弄丢

这儿的云朵和晚霞，大都迷失了方向
也请你不要来看我

这儿啊，我和那亮闪闪的钾盐，其实都是宇宙之神的
咒语，泪花

玻璃把一个人折成两面

虹影

著名作家、诗人。代表作品有《饥饿的女儿》《好儿女花》《K-英国情人》《上海之死》和《罗马》等。《饥饿的女儿》《K-英国情人》等六部长篇小说被译成30多种文字，在海外多国出版。多部作品被改编为影视剧。

李元胜点评：

虹影的诗歌创作，源于对自我和人性幽暗深处的勇敢发掘，作为训练有素的诗人，她能高效率捕捉那些瞬间出现又消失的神秘线索，并把它们披露在作品中。

莲花戒

她朝自己洒水　一路碎星雨不断

死去的父亲在其中　伸出手指，
向她要纱布　血还是浸出
她剪碎衣服　缠上头发　拉下花作早餐

南池月

他们望着拥堵的交通　但已无法回头
一只鹤眯眼检查每个人的手指

一夜不够　雪已经在他们心底堆起
那人是谁　狠心留下舍利子

新人间

我与青蛇对视
一阵风沙袭来
把我腾空抬了半里

我在后园挖坑埋蛇皮
熟悉的呼吸滑过肚脐
当我埋下一半的自己

象棋王

现在别看他在一个盒子里说
在日落时我才是镜子
不　你是做镜子的人
你只照射别人的罪恶

把身体转成一朵莲花
他说镜子与莲对立
他不知　你一直睡在水里

孤儿的手

整个沉船的水波
荡漾在这石砌的广场
载我来找你

虎皮的金黄色在水波上飘动
水手们的力量落向倾斜的街道

在一个女孩梦中出现
我害怕了
突然想紧紧抓住一只你的手

花忆花

玻璃把一个人　折成两面
一面从不见太阳

河上全是白杜鹃
他只是需要一个倾诉对象
把开花的时刻与石头交换

他带着灯笼和不顾一切的决心
而我戴着面具　因为我知道
太阳升起前　鬼船会离开码头

光舌

从断臂中生出一枝竹叶
那是眼睛

他仅死去渴望：让我回到他身边
看山变青
再变蓝　变成我的呼吸

就在昨天　我与他在江上相遇
他问：你怎么变了模样

冥火

你被当做一盏灯　走了一段
你变成了
另一盏灯

我知道你在等待
黑暗直线剖开你的身体
我的身体
你在心脏之东　我在心脏之西

上山

青苔引来青苔　他们都是爱
送入甜蜜的嘴里
如尖细的纸片游荡

他们贪婪青春
虐待身体里来客人
太阳下沉
谁也不会上山来找我

伦敦

我们分开　笑声分开我们
在下午被水冲上泰晤士河岸比雾还经常
你记下我的名字在易碎的天空中
那是语法　我们缺少结合的身体
就是那个下午　鸽子停止前进
我变为过去　简单的过去
在打量我
把我们的精神啄到嘴里
简单的意义　就是你夹着一本书

从博物馆出来却走投无路
简单的重复　就是一抹黑的喷泉　鸽子　广场
那总是我　下午：事到临头

耿占春

文学批评家。20世纪80年代以来主要从事诗学研究和文学批评，著有《隐喻》《观察者的幻象》《叙事虚构》《失去象征的世界》《沙上的卜辞》等。另有思想随笔和诗歌写作。现为大理大学教授，河南大学特聘教授。

李元胜点评：

批评家写诗，是一件危险的事情，他的诗学和创作之间的鸿沟会暴露出来，他会经历双重的失败。当然，换一个人，这件事情也可能有另外的结局，从诗学到创作，一个批评家的宽度也会充分展现出来。占春属于后者吧。

在午后，断续地

我从午后醒来，紧挨着万物的寂静
试探着此刻，是否依旧可以纠正
一个错误：人可以不朽，不是么
在午后，断续地

一次次醒来，一次次试图纠正
一个人将消失？数不清的逝者
造成了午后的寂静。为什么
断续地。在午后两点钟

我已经这样问了二十年，或三十年
我已无数次试图纠正造物的荒谬
疏忽。夏日或秋日。在午后
两点钟。寂静漫过

炎热或凉爽的午后，经过了无数回
我伏在此刻的试探依旧毫不
奏效。在醒与梦的当口，依旧
显得慌乱，以致错过了仁慈

紧挨着事物的寂静。挣扎。没有
发出声音。想起我爱的人的命运

爱他们。仿佛就是那看不见的
给予我的怜悯

在午后，断续地，我听见
米米和德安，他们的说话声
断续地。我听见。午后的一片
安静，哗哗响，在窗外荷塘上

窗外的雪

我深睡时大雪在下。冬天已准备停当
备下仁慈的礼物。雪霰已伸进
没糊严实的窗缝。大雪新停，清晨的太阳
如耀眼的雪球，滚落在变得简洁的村庄

雪地上些微鸟迹，晶莹的树梢
再次突然抖落，雪霰中奔跑的孩子
已无踪影。我是一个隐约的轨迹，且不连续
在一场冬天的大雪与一场热带风暴之间

在书写中，我已变成一系列的他者
如果岁月的每一分钟孩子的脸

都没有可见的改变，童年如何可以消失
在大雪之后？如何身陷一座海岛

想念大雪封门的冬天？想念寒冷
怀着肠道因饥饿而产生的热
欢迎凛冽的风雪中站着的清晨
一盆新蒸的裂口红薯成为一家人的盛宴

一首诗是从沉默开始说出的话，从消失的雪
这里的每一个字都想抓住那已消失的
此刻我写下的，仅仅是记忆阴面的
一片积雪，在久远的，在生活的一切灰烬之上

午夜

疲劳的衣裤靠在椅背上
睡着了。我看见我不在。书。纸

窗户。万物不因我的缺席而不完善
我看见与最终的现实之间的零距离

未来的一天，由他人的眼所见
如同一面阴暗的镜子在回忆

我看见活在生命里的一个小小的死
疲劳的衣裤睡着了，梦见

一个临近的节庆，在火焰中
一个灵魂，独自庆祝他的诞生

不朽

在开宝寺侧门入口处，站立着
两列宋代石雕群，狮子，绵羊
马，虎，和睦地并立千年
你发现另一种时间磨光的工艺

粗糙的石头润泽闪亮，几乎成为
风中抖动的鬃毛，扬起打着响鼻的面孔
动物柔顺的灵魂被经久的岁月磨出
在轻轻地吐出初冬早晨的团团哈气

这得归功于孩子们和早已作古的
历代孩童，他们曾经骑上
这些盘角的绵羊、配鞍的石马
朝着虚无进发，从一个朝代向下一朝代

孩子们骑上爬下，每一瞬间
都在打磨钻石一样的光。时间的消逝
不再磨损，它在经验世界的身躯上
打磨出一道永恒的亮光，像孩童们

在游戏中，把一种磨损的力量
变成永无终结的耐心的磨出
骑在这些复活的石头身上
仿佛依然能够追赶清明上河的集市

在古城老街的一条青石路上
过往的全部岁月坎坷依旧在
被水泼湿的磨光的石板上闪闪发亮
似乎这就是那条路，将通向不朽

当一个人老了

当一个人老了，才发现
他是自己的赝品。他模仿了
一个镜中人

而镜子正在模糊，镜中人慢慢
消失在白内障的雾里
当一个人老了，才看清雾

在走过的路上弥漫
那里常常走出一个孩子
挎着书包，眼睛明亮

他从翻开的书里只读自己
其他人都是他镜中的自我
在过他将来的生活

现在隔着雾，他已无法阅读
当一个人老了，才发现
他的自我还没诞生

这样他就不知道他将作为谁
愉快地感知：生命并不独特
死也是一个假象

低音

一个人在受苦，只是
一个人。孤单地。古今竟无一人

现在对你说话必须低音
轻易能够说出的安慰实属卑鄙

一个人在受苦，朋友们
只能缄默。张口
就会有谎言。而沉默如同背弃

不能这样对你。你一直要求诚实
生活。现在这样的时刻
过于冷酷，它来临

而你此时经历的疼痛，绝望
怀疑，丝毫不具个性
一种古老的风俗

我已开始看到自己在那个时辰里疼
并且想象我的尊严是否溃败

众多英灵，以及同一家族
无穷的逝者，他们超越了琐碎
拥有永不再疼的灵魂

比所有生者更单纯，甚至伟大
他们站在身后，仍不能使人不再
惧怕：无论肉体的疼还是灵魂的湮灭

也许一个人可以活到那样的年龄
可以对迎面来的说，是你吗？
我已原谅了你的陈规陋习

一个人要抵达，只是
一个人。嘴角挂着嘲弄的宽容

论神秘

一切没有意识的事物都神秘
海浪，森林，沙漠，甚至石头

尤其是浩瀚的星空，一种
先验的力量，叫启蒙思想颤栗

而那些疑似意识的物质，在白昼
也直抵圣灵，花朵和雪花

它微小的对称，会唤起
苏菲主义者的智慧。其次是

意识的懵懂状态，小动物
在奇迹的最后一刻停止演化

并且一般会把这些神秘之物
称之为美。神秘是意识的蜕化

乡俗不会错，必须高看那些傻子
和疯子。这首诗也必须祈求谅解

论晚期风格

晚期这个概念
总让人想到一种不幸的经验
然而，我想象的晚期是一种力量

但即便不是指向
疾病，它的阴影也向耄耋之年倾斜
而它仍然不过覆盖了全部失望经验的一小部分

我知道一种悲哀，是他的年岁
比他生活的大部分街区都更古老一些
这意味着一片落叶不可能找到根

这意味着湖将要出发去寻找河流
就像古老的史诗所叙述的起源和原始事件
逐日接近戴着面具的神祇

歌德提供了定义晚期的另一种
可能，“我们要在老年的岁月里变得神秘”
或是一种出发的意志

向着一面巨大、缓慢而陌生的斜坡
湖进入河，河进入溪，溪流进入源头的水
一座分水岭：晚期

出现在个人传记里，一部
必须参照欲望和不幸加以叙述的编年史
然而，晚期风格

只存在于一个人最终锻造的话语中
这就是他的全部力量，在那里
他转化的身份被允许通过，如同一种音乐

记忆

能不能借我一毛一？我想
喝碗汤。人群中的一个陌生人
轻声这样说。他看起来跟我
一样年轻，衣裳穿的比我还洁净

坐在油漆剥落的联排木椅上
我疲惫地摸着身旁的行李
抬头看看却没有回答，因为
跟他一样，在秽浊的空气中

在没有暖气的冬夜，在等晚点的
火车。可在他转过身去的瞬间
分明看见他眼里的泪水，在昏暗的
灯光下，仍能看见寒意与伤害

记忆是一笔未能偿还的债务
包含着不良的自我记录，尴尬与酸楚
那一时刻是上世纪七十年代末
在商丘火车站，春节刚过

如今伙计，但愿你早已是个暴发户
即使你仍是一个背着包袱
南下打工的老头，我也想再次
遇见你，我们该与我们的贫穷和解

一毛一分钱和一个人的眼泪
一毛钱是一个人的窘迫，是另一个
人的内疚，我们是两个年轻人
而该死的岁月曾如此贬低了我们两个

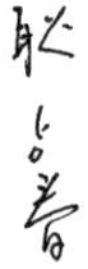

夜间的火车站

他走向夜间的阳台。穿过城市中心的
火车轰鸣声由远及近，由近而远。
“我已经订婚了”，她说。眼里的泪

掉下来。她不是一个姑娘，而像是
一个遥远的地方。她：一个远方。
他一直想去而终究没去的地方。

这个地方已经消失。任何一列火车
都不能抵达。铁轨碰撞，汽笛轰鸣
在城市的中心：生活的远方已经消失。

沈苇

1965年生，浙江湖州人，大学毕业后进疆，现居浙江。著有诗集《沈苇诗选》《沈苇的诗》（维汉双语版）、《我的尘土我的坦途》《新疆诗章》《在瞬间逗留》《数一数沙吧》等，散文集《新疆词典》《植物传奇》《沈苇散文自选集》等，评论集《正午的诗神》《柔巴依：塔楼上的晨光》等。先后获鲁迅文学奖、刘丽安诗歌奖、柔刚诗歌奖、十月文学奖、花地文学榜年度诗歌金奖、华语文学传媒大奖等。

沈苇

李元胜点评：

在边地生活多年，沈苇的诗歌有一种神性的辽阔，他把自己的深刻体验，借助词语创造出似乎能悬浮于时间之外的小世界，像他经历过的粗糙现实，又像正在挥手告别的时代的纪念碑。

滋泥泉子

在一个叫滋泥泉子的小地方
我走在落日里
一头饮水的毛驴抬头看了看我
我与收葵花的农民交谈
抽他们的莫合烟
他们高声说着土地和老婆
这时，夕阳转过身来，打量
红辣椒、黄泥小屋和屋内全部的生活
在滋泥泉子，即使阳光再严密些
也缝不好土墙上那么多的裂口
一天又一天的日子埋进泥里
滋养盐碱滩、几株小白杨
这使滋泥泉子突然生动起来
我是南方人，名叫沈苇
在滋泥泉子，没有人知道我的名字
这很好，这使我想起
另一些没有去过的地方
在滋泥泉子，我遵守法律
抱着一种隐隐约约的疼痛
礼貌地走在落日里

未被驯服的风景

背包客在梦里买下一朵浮云
获赠一匹神马、几缕清风

摄影师用长镜头逮住几颗星
为了听它们叽叽喳喳叫

他们山羊般俯身
在河上签署自己的名字

他们蜥蜴般筑居
在沙上抹去自己的来路

群山移动，像一头绵延的巨兽
未被驯服的风景，发出低低吼声

清明节

死去的亲人吃橘红糕、糖塌饼、猪头肉
最老的一位颤颤巍巍，拄着桑木拐杖
最小的一个全身沾满油菜花粉
年轻人喝着醇香的米酒

死去的亲人在忙碌，赶着死去的鸡鸭牛羊
进进出出，将一道又一道门槛踏破
他们爱着这阴天，这湿漉
将被褥和樟木箱晾晒雨中
他们只是礼貌的客人，享用祭品、香烛
在面目全非的祖宅，略显拘谨老派
死去的亲人在努力，几乎流出了汗水
他们有火花一闪的念头：渴望从虚无中
夺回被取消的容貌、声音、个性……
无论如何，这是愉快的一天
聚集一堂，酒足饭饱，坟头也修葺一新
墓园的松柏和万年青已望眼欲穿
天黑了，他们深一脚浅一脚返回
带着一些贬值的纸钱、几个怯生生的新亡人

住在山谷里的人

他知道世上还有别的地方
还有乌鲁木齐、北京、上海
但从未去过。他的一位亲戚
去过首都，回来告诉他：
北京好是好，可惜太偏僻了

在一座看上去快要倒塌的
木屋里，他住了七十多年
送走了父母和父母的父母
原木发黑，散发腐烂气息
屋顶长满杂草，像戴了一顶
古怪的帽子，一处木头缝里
正冒出一朵彩色菌菇……
山谷里，雨水总是很多
每到下雨天，他的老寒腿
锥心地疼，跨不上一匹矮马

两边山坡上，病恹恹的
野苹果树，被小吉丁虫折磨着
在高大的云杉和红桦之间
变成一群矮子。木屋前有一棵
较高的野苹果树，孤单而健康
树下拴了一匹马，看上去
像是一棵树正在驯化一匹马
成熟的果子掉下来
落在马的脊背、臀部
马在颤抖，仿佛内心的惊讶
在身上泛起阵阵涟漪……

旅行者，不断从远方来
每一个，很少再来一次
我和女儿喝他的奶茶
吃了他的包尔萨克，就要离开了
他送给孩子一瓶自己做的马林果酱
艰难地起身，向我们道别
我们离去，消失在天山风景之外
隐身于一位老人的“偏僻”里
无需抬头，遗忘像一朵低低的云
笼罩这个名叫库尔德宁的山谷

林中

落叶铺了一地
几声鸟鸣挂在树梢

一匹马站在阴影里，四蹄深陷寂静
而血管里仍是火在奔跑

风的斧子变得锋利，猛地砍了过来
一棵树的颤栗迅速传遍整座林子

光线悄悄移走，熄灭一地金黄
紧接着，关闭天空的蓝

大地无言，雪就要落下来。此时此刻
没有一种忧伤比得上万物的克制和忍耐

吐峪沟

峡谷中的村庄。山坡上是一片墓地
村庄一年年缩小，墓地一天天变大
村庄在低处，在浓荫中
墓地在高处，在烈日下
村民们在葡萄园中采摘、忙碌
当他们抬头时，就从死者那里获得
俯视自己的一个角度，一双眼睛

异乡人

异乡人！行走在两种身份之间
他乡的隐形人和故乡的陌生人

远方的景物、面影，涌入眼帘
多么心爱的异乡大地和寥廓

在异族的山冈上，你建起一座小屋
一阵风暴袭来，将它拆得七零八落

回到故乡，田野已毁村庄荒芜
孩子们驱逐你像驱逐一条老狗

你已被两个地方抛弃了
却自以为拥有两个世界

像一只又脏又破的皮球
被野蛮的脚，踢来踢去

异乡人！一手掸落仆仆风尘
一手捂紧身上和心头的裂痕

晨起

晨起，发现自己还活着，很好
没缺胳膊，也没少腿，很好
只是昨夜梦里为找到一朵小花

穿过太多荆棘，全身还隐隐作痛
洗脸，刷牙，照会镜中人
白发又多了几缕，不必忧伤
再白一些，就配得上天山雪了
“还活着！”这是一个多么惊人的
发现啊。朋友来电，约我去楼兰
为什么要去楼兰，和木乃伊约会吗？
或者那里还有未曾发现的宝藏？
而我，正吃惊于“活着”本身呢
激动并陶醉，没有远游的兴致
在此地，在活着实属不易的时代
晨起，发现自己居然还活着
四肢完备，内心康健
仅此，已使我对新的一天
充满信徒般的虔敬和感激

沙

数一数沙吧
就像你在恒河做过的那样
数一数大漠的浩瀚
数一数撒哈拉的魂灵
多么纯粹的沙，你是其中一粒

被自己放大，又归于细小、寂静
数一数沙吧
如果不是柽柳的提醒
空间已是时间
时间正在显现红海的地貌
西就是东，北就是南
埃及，就是印度
撒哈拉，就是塔里木
四个方向，汇聚成
此刻的一粒沙
你逃离家乡
逃离一滴水的跟随
却被一粒沙占有
数一数沙吧，直到
沙从你眼中夺眶而出
沙在你心里流泻不已……

在敬老院

我们送去糖果、柑橘、牛奶
也无法改写他们脸上的漠然
虚弱，意味着无力向世界微笑
每天与绝望无助的人在一起

美女院长看上去那么忧伤
“来点歌舞，他们还是喜欢的。”
她轻声对我和阿拉提·阿斯木说

一位坐轮椅的老婆婆
盯着窗外雪花，半天不动
身边的死亡消息，像飘忽而过的
雪花，都在她昏沉的意念之中
都在她一动不动的身体之外……

沿泥泞不堪小路，离开郊外
这所简陋的维吾尔敬老院
谁也不说一句话，心里分明感到：
自己已提前留在了那里

杨森君

宁夏灵武人，中国作家协会会员。著有《梦是唯一的行李》《上色的草图》《砂之塔》（中英文对照）、《午后的镜子》《名不虚传》《零件》等多部诗集。

杨森君

李元胜点评：

把一首小诗写得苍茫、大气，如万军中取敌主帅首级的猛将之势，需要久居西域的地理教育，更需要耐心选择典型的细节，后面这点更费功夫，铁杵磨成针的功夫。杨森君在这方面应该很有心得。

九月

一株斑绿的狼胖胖草
在脱身上的皮
它裂开了一块

——力量刚好
把一只伏在它上面的红色甲虫
弹到了一米以外

遮蔽物

我已经在雨中了。
我的周围低伏着抖动的枝条。
我走过的时候，草地已蓄足了暴力。

桃花

我实在不愿承认：这样的红，含着毁灭；
我本来是一个多情的人。
有什么办法才能了却这桩心事。
我实在怀有喜悦，不希望时光放尽它的血。

列车上

傍晚时分
我坐上了开往兰州的火车
火车在旷野与丘陵之间穿行
火车拐弯的时候，我借助它
轻微的惯力
把整个身子斜靠在一位
凝视着窗外的女孩身上
我就那么一直靠着
我以为火车一直在拐弯

告诫

至少在四月，我不快乐
对不起
我做不到惊世骇俗
如果放在以前，我会说：
“我没有背叛你，我只是爱上了她们。”

喻一种爱的方式

一颗果子

因为怀疑它有虫子

你一层层地削

削到最后

没有虫子

果子也没有了

巴比伦

这些巨大的石块经历了一个沉睡的过程

从时光中孕育的花朵，一年只开

一次

当春天再度光临

雨水一遍又一遍清洗着花园古老的墙壁

你们能看清的名字里

英雄还是英雄，无赖还是无赖

苜蓿地里

苜蓿地里
我看见了一只白色的蝴蝶
它多么孤单啊
但，我又看见了另一只

两只蝴蝶是幸福的

我试图用目光拦住飞过来的
第三只蝴蝶
不让它接近它们

午后的镜子

迷离的光线与停摆的钟之间
一扇获得了宁静的窗子变得幽暗

它构成空虚
它在我脸上衰老

旧木上的黄昏
移动着花篮悬浮的影子

我已习惯了
眼前可能掠走的一切

我在墙镜的反光里，看到了
慢慢裂开的起风的树冠

镇北堡

这一刻我变得异常安静
——夕阳下古老的废墟，让我体验到了
永逝之日少有的悲壮
我同样愿意带着我的女人回到古代
各佩一柄鸳鸯剑，然后永远分开
十年，二十年，三十年……
一百年以后，我和我的女人
分别战死在异地，而两柄剑
分别存放在两个国家

古马

1966出生于甘肃省武威。出版《胭脂牛角》《西风古马》《古马的诗》《红灯照墨》《落日谣》《大河源》等多部诗集。现居兰州。

古馬

李元胜点评：

古马凭借个人才能，在寻找古典诗歌、西部歌谣和当代人言说之间的融合方式，确实，一定有被人遗忘的幽暗通道，把它们紧紧联系在一起。在这个过程中，他创造了与当代诗坛有着明显疏离的诗歌制式。

青海的草

二月呵，马蹄轻些再轻些
别让积雪下的白骨误作千里之外的捣衣声

和岩石蹲在一起
三月的风也学会沉默

而四月的马背上
一朵爱唱歌的云散开青草的发辫

青青的阳光漂洗着灵魂的旧衣裳
蝴蝶干净又新鲜

蝴蝶蝴蝶
青海柔嫩的草尖上晾着地狱晒着天堂

罗布林卡的落叶

罗布林卡只有一个僧人：秋风
罗布林卡只有一个俗人：秋风

用落叶交谈
一只觅食的灰鼠
像突然的楔子打进谈话之间
寂静，没有空隙

西凉月光小曲

月光如我
到你床沿

月光怀玉
碰见你手腕

月光拾起木梳
半截在你手里

另外半截
插在风前

一把锈蚀的刀
插在焉支以南

大雪铺路

向西有牛羊的尸骨

借光回家

取蜜在你舌尖

一位老人的话

春天里瓜果蔬菜啥也没有下来呵

夏天炎热，啥都会迅速腐烂掉

我也不想死在秋天

秋天的羊肉多么肥美呀

冬天，我心疼得放不下我的孩子们

天寒地冻的，披麻戴孝爬起跪倒可怜得很呐

渡口

……我已经走了

一只无人的渡船

灰蒙蒙的水浪

远处山峦
这些都不能安顿你们

假若你们在此驻足
发现渡头有冷落的灰烬和锅碗的碎片
请想起一个野火熏烤的晚夕吧
那时，我正在耐心细致地翻烤一条大鱼
为一个人，为天地间一场盛宴
也为后来的你们
那时，蛙声把黄河古象的骨殖和两岸的旱柳都叫绿了
闷雷，给草棵间忙碌的蚂蚁增添透明的翅羽

绿雨潇潇
渡口
口含灯火
……我已经走了，我生活过
也短暂地
爱过

庄重如许
饥渴如许
……是如许地知足

冬旅

——写给延俐

年关近了
黄昏里次第亮起大红的灯笼

红光映雪，木栅低矮
炊烟熏醉山头的星星
醉了的，还有那明天将要合卺的新人
他们将要交换瓢中清水，庄重饮下
看见自己喜悦的泪花，出自对方眼中

大红灯笼的村庄，鸡叫前升起太阳的村庄
周围深山老林中
积雪压折松枝的声音一定令松鼠吃惊
人类的觊觎
一定令那沉睡千年的老参平添了几道皱纹

二十年前过此地
二十年后经此山
火车长长的嘶鸣提醒，那村庄并非我们的
村庄，那早已是山海关外白雪茫茫美梦一场

空谷之听

布谷的啼叫
似银环在阵雨后的黄昏
把高原草甸轻轻拎起又放下

整个河谷只有
布谷啼叫
忽高忽低
高于碧峰雪线
低于灌木草根

更低的是
流水与谷底乱石的低语
粗砺而含混，混合着日落西山的冷静
与昨夜狼群出没撕咬掉一头雄牛的半只睾丸无关
与人的事情无关

水在流
布谷在啼叫　有谁
还在叙说

道外区

白云在天
午后有两三闲人在老街太阳底下喝啤酒抽纸烟

电线杆站着　柳树也有一棵没一棵闲绿在道旁
曾经的桃花巷在哪里？寻花问柳的人易聚易散
脱裤子的云易聚易散　最终抛弃棉花的比喻

撕棉花的人不如撕桃花的好看
萧红好看吗　看望萧红宜在冬天
在某个街口开一扇玻璃小窗的水楼前买包香烟
顺便打问她在此地的住处　寒冷的风中

或许打问不着　那先拉起衣领
划根火柴点支烟深深吸上一口
再辩认一下暮色中的方向
我尚不甘心我只知道落日的地址

我尚不甘心
我错过她是在上一个世纪我尚未出生的年代

是在今天
白云在天
黑色电线中的电流声　赞美着寂寞

春夜

眼睛沉溺于眼睛
嘴唇寻找着嘴唇
交换漩涡交换身体
河水涌流星光

柳丝蘸水
从灰尘中捧出雷
杏花
素处以默

春夜广大
河水浩荡
他们穿过针眼
旋转于群星和疯狂的石头当中

白马歌

红柳夜里很柔
夜里去找她吧

流沙暗合
合她脚下
最红的红柳在苏亥赛
最硬的石头在曼德拉

红柳摇曳
白马入夜
最快的马在心里
最忧伤的歌在蒙古

红柳摇曳
和她着火
死亡在前面望着你
苦难在后面跟着你

红柳超度
白马无迹
白天等不到夜里
白天去找她吧

呆呆

又名胭痕，生于70年代。浙江湖州人氏，混迹网络打酱油，作品散见于《诗刊》《星星》《绿风》《诗选刊》等刊物。个人诗观：坚持个人的、无效的写作方式。

李元胜点评：

呆呆的诗歌仿佛一个人在梦境中看到的和想到的，破碎的、不连贯的画面和故事，然而每一处都发生着弯曲。她不会去让它们变得更有逻辑，因为，有时候逻辑是多么的无趣呀。

黄昏辞

一些雨是荷
一些雨是莲叶；一些雨是不知道名字的鸟

飞得太快，撞上树叶便粉身碎骨；冲进河里成了游鱼
还有一些雨，是屋子。屋子里有人，站着，坐着，躺着

走来走去。
背靠着背磨刀；背靠着背写信；背靠着背相爱
背靠着背爬上河岸。有一次，看见祖母坐在灶台后面，
　缩背勾肩
瘦瘦的

像尊石头狮子；有一次，看见几个小孩，睡在干草堆里，
　月光是鸟笼
被雨提着；最近一次，看见一个男人蹲在树下，低着
　头想心事。周围溪水流淌
秋声遍地，树梢挂满钟表

我走近前去，喊一声：爸爸。雨从背后抱紧我，呵……
　爸爸
我很慢，很多年后，才能到达这里
我。可能是一株狗尾草；也可能是你前世桃树下，结
　拜过的兄弟

坐下来，谈谈爱情

雨在雨声中找到伴侣
植物们越悲伤，香气愈浓：坐下来，谈谈爱情
亲爱的。
月光也走在雨声中，它是两栖人，爱着一个人间女孩
要将身上的鳞片送给她
月光。坐下来，谈谈爱情。灯盏已经亮起，花团簇簇。
　黑暗中司机
正在发动引擎
你说：已看到这一切，正打算写一封告平安的书信
亲爱的。满大街都是收信人
坐下来，爱情。你很孤单，让我想起从前

白发生

在夜里她突然醒来。
想到那些
清晨的事物。
那些纤弱的植物，美好的动物，唯有在清晨开放的花朵
唯有
在清晨时，可以诉说的情愫
一颗心在遥远的草地上
飞奔

后来她路过城镇。在众多石像之间穿梭，模仿声音，
　也制造声音
在石头房子里
埋下泪水
（希望有一天，它们会长出丑陋的枝叶）
哦。她像箱子一样醒着，心存感激。在不远处的城市
她的几个朋友
走在暴雨淋过的街上，突然谈起年老时的细节：
其时繁星满天，梦境里的丝瓜架，一根根丝瓜已然成熟

入殓师

他们交谈的方式非常特别，要用到
石灰，香木和清水
一个人死了
他们会把它沉入湖底。用湖水保护起来
走入树林的人
带走了随身的灯盏。灯盏也需要清洗，在漏尽了星星
　之后
灯盏和野花一起回来
入殓师就混在人群中间。年复一年，钟声带走了他们
　的眼睛
在钟声里面

有倒挂的河流
轻盈的石块
和乱如麻绳的小路
以及那些陷入性爱的野花们：没有一样事物愿意长久地呆在人世
没有一样事物
愿意被任取，命名和解释
他们经过入殓师的手，轻盈地绕过人世

水杉

让我想想。隔壁的大伯死了
他好色，爱女人
赚钱像疯子。这些都不能妨碍他成为一个好心人
他的老婆，黄脸婆阿珍，见了鬼的跟着他
在地里种红薯，土豆，黄芽菜和西红柿。一心一意拿到早市上去卖
村民们都说她疯了
黄脸婆阿珍。她疯了。她说月亮是红色的
房子嘶嘶地往上长，云朵是棉絮。扯碎了哭着呢
那么大雁呢。秋天呢。地里的红薯，土豆，黄芽菜和西红柿呢
见鬼了。

她说：这干她什么事呢，这一大堆的债，总得还吧
让我想想：这一大堆的债，总得慢慢还吧，总得把自
　己掰碎了
慢慢地跟着地里的死鬼还吧

异乡

一个人的身体，就是自己的异乡
她养一群鸟，老了。每天放一只，放着放着
天空就变黑了
路上行人，慢慢变成了枯树枝
落日也会老，也会化为海水
陪着她说话的人，不知不觉矮了下去
“喂。”“喂。”
亲爱的，马车颠簸不安，我们只要相互依偎，互为梦境

鹿柴

这个来自唐朝的人给很多人写信
在信中，他反复提到这个叫鹿柴的地方
那里多雨
那里多春日

那里多秋天
那里的女子明媚而蓬松，远山并非很远
只是家门口的小山坡
他说：很空。
他说：月色琉璃，山水各怀心事
他说：只有他自己，收到了自唐朝递出的邮件

天堂之镜

我想邀请你，去我的家乡看一看
那里野蓬遍地，耕种的人被春雨黏住

一直没有回到家中
麦子高过天空。松鸡和鹌鹑的房子，有金色圆顶。妈妈们，是开在池塘的睡莲

一睡就是几百年
我还要说说蜜蜂和油菜花。它们随着云朵流浪

它们喜欢。盖着茅草屋的土地
和七叶草的清水

客栈

夜里来的雨，必定是在预料之中
芭蕉，月季，枇杷树
这些庭中之植物，必定也是承担了
部分死去之人的重量
雨吃掉了暗
吃掉了曰之为“腐朽之木”的暗。在暗中
瓦片重新瓜分了人间：
家蛇是一部分
老鼠是一部分
神龛中的泥塑是一部分
草木是一部分
因爱而死去的男女，也分得一部分
我醒着。醒着的那一部分，关窗，避雨。脱鞋宽衣。
唯有如此

榆树街

榆树街没有榆树
有个女孩，每天黄昏走出巷子。她穿短牛仔衣

头发垂到腰际
她母亲在巷子尾开杂货铺

喝花露烧，咳嗽药，还把白布胸罩
晾在河边电线杆上

那一年。落溪边的河埠头还没拆掉，很多年轻汉子
有事没事，就来打几斤黄酒

敬丹樱

单细胞生物，寄居巴蜀两地，接触诗歌六年，出版诗集《樱桃小镇》。

李元胜点评：

敬丹樱是一个节约的诗人，写诗很克制，遣词造句和情绪都很克制，似乎多用一个字，或者用一个更大的词，情绪超出一点点，都是很大的罪过。所以，这就不仅是关于技巧的问题啦。

太小了

绿荚里的豌豆太小了

山坡上的紫花地丁太小了

蒲公英的降落伞太小了

青蛙眼里的天空太小了

我站在地图上哭泣，声音太小了

原谅我爱着你，心眼太小了

删

整个下午，她一直在写

写到故土，乡愁就近了；写到理想，梦就碎了

她不敢写到爱。她删除

让尾鳍忘记水域，让翅膀忘记天空

让信徒

忘记十字

日暮

鸟声呼啦啦栖落小院，又扑棱棱缀满枝头

光眷顾了我。我站在尘世中央，像神的孩子

美好的事物来得多晚，都值得原谅
枇杷树已经挂果，最闪耀那枚，是落日的偏心眼

白桦林

天空纤尘不染，就像鸽子
从未飞过。雪铺在大地，只有旷世奇冤
才配得上
这么辽阔的状纸

树叶唰啦啦响，墓碑般的树干上
两个年轻的名字已不再发光。从来都是鸽子飞鸽子的
雪下雪的

老龟

叔公捡废品多年。除了枕头下
皱巴巴的存折，他放不下的，还有只老龟

每天，叔公都要探探它的鼻息
再用清水

擦洗它废品般的脸

叔公食量越来越差
他搬来条凳，盘算着掐一把香椿芽

椿树下
老龟贪睡如死神

睡前书

她还那么小
小鼻子，小耳朵，小眼神
前一秒，她嘟着小嘴生闷气
后一秒，她紧紧搂着我，一枚青幽幽的柚子
搂住了她的枝子
现在，整个世界就在我怀里
现在，我不出声。不会有人看出我有多害怕
怕她酸，怕她涩
怕她越来越甜。怕她翻身，怕她松开我
像柚子
松开她的枝子

我们一起去看稻子吧

穿过农舍，鱼塘，紫红的木槿
抵达金黄的稻田。像只狡黠的麻雀，你漫不经心
啄开一粒稻谷

我在你面前停了下来
稻草人一样停了下来

那么多稻田，我只记得黄鹿镇的，那么多稻穗羞涩地
低着头
新娘般等待收割

浮世

为鹅毛目测理想，与落叶
交换宿命
置身急缓多变的河流，爱与恨被推向潮头浪尖
俯瞰的风景充满危险

我们是随波逐流的一群
在上游和下游之间
摸索鼻息微弱的渔火，为一处安身立命之地

反复
搬运自己

一些雪

一些雪酝酿，一些雪铺陈，一些雪删除

一些雪抱团取暖
一些雪郁郁寡欢

一些雪饮醉，一些雪思考，一些雪落泪，一些雪燃烧

一些雪捧出微笑，走下高坛
一些雪回望苍穹，与神对话

一些雪替代一些雪，一些雪埋葬一些雪

此山

此山空旷。晴也一日，雨也一日
流泉与飞瀑皆有以身赴死之举，辨不清谁比谁壮烈
偶遇飞雪
或应远其美而悯其痛

山中有庙宇，僧侣常有而隐者无多
云朵无旁骛
反复洗濯以独善其身

清风去来，不过随性所至
明月闲闲地，淡淡地，照或者不照。身在此山
我看不见我

王单单

1982年生于云南镇雄。曾获首届《人民文学》新人奖、2014《诗刊》年度青年诗人奖、2015华文青年诗人奖、首届桃花潭国际诗歌艺术节·中国新锐诗人奖、首届“中国天水·李杜诗歌奖”新锐奖、2016·扬子江年度青年诗人奖、《芳草》第五届汉语诗歌双年十佳、2013年度《边疆文学》新锐奖。参加《诗刊》第28届青春诗会，系中国作家协会会员，2016—2017年首都师范大学驻校诗人。出版诗集《山冈诗稿》《春山空》。

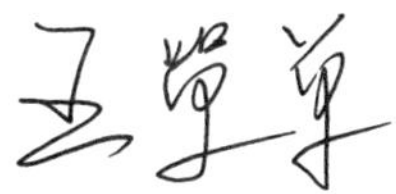

李元胜点评:

王单单的诗歌有着明显的当代生活的在场感，发生在普通人身上的残酷命运被他接纳在语言的容器中，成为他写作的重要资源。这样的写作，虽然是负重前行，但又有着一种格外的力量。

回家

儿子夭折后
埋在离家二十米的荒地上
四哥在他坟前栽一棵竹子
并刻上名字。绝望中
带着四嫂离家出走。
七年了，四哥不知道
当年那棵竹子，已由一棵
变成两棵、三棵……
正朝着他家的方向
渐渐蔓延成竹林
如今，有棵稚嫩的笋子
已破土而出，就快抵达
他家门口

圣诞

护士叫到我的名字
像电击一般，我更慌张了
拨开人群，挤到妇产科门口
从她手中接过一小坨肉
热气腾腾的。护士说：

这是你的儿子。

他脸上布满稠状物

刚刚睁开的眼睛，清澈

但有一丝疲惫

似乎为了和我遇见

他已花光了所有力气

那一刻，我站在人群中

浑身颤抖，生怕一用力

就把他弄坏了。

那一刻，一种力量

在我心中涌起，并让我暗中喊出：

欢迎来到人间

我的上帝

夜访胭脂沟

许多蚱蜢，蹬断复翅下的荒草

蛾子飞起来，又被雾雨

按进泥土中。这生的艰难

暴露在车灯前，它们如此惊慌

就像我脚下的枯骨

突然感受到，一个活人的

重量。在胭脂沟

风吹着周围的海拉尔松
像一种刑具
不停地抽打着
夜晚的虚空

太极

平反之后，他把习惯
带出监狱。每天坚持去广场
练太极。他总是
缓慢往前推，什么都没捞到
又把手收回。似乎是
空气中，有个透明的人
正与他博弈。似乎是
那个透明的人，想把他摁在
人世间，阻止他与黑夜
一同隐去

我行其野

偶回故乡，就去野外
认父亲留下的土地。近处的

有人种，是谁，并不知晓
远处的，长满蒿草
隔着大沟，扔一块石头过去
会惊飞几只鸟
斜坡上，早些年是荒山
后来开拓成田地
现在又变成荒山
脚下这片，稍微平坦
母亲撒了一地荞麦
都已齐膝
那天我累了，躺在里面睡觉
起身时，荞麦地凹陷的
人形，像一只破碎的瓦罐
盛满落日洒下的黄昏

数字

1 代表大哥
2 代表姐姐
3 代表二哥
4 代表我
5 代表妹妹
母亲不识字

手机里存号码
就用这几个数
代替我们的名字
记得 1 离开的那年
她哭得死去活来
直到现在，她手机里
仍然存了一个 1
即使后面的
电话号码栏
是一片空白

菩萨

飞机摇晃得有些厉害
我使劲握住挂在胸前的菩萨
平安着陆后，它湿漉漉的
像被刚才的气流
惊出一身冷汗

蜡塑

我把历史上的大人物
蜡塑成一堆小人儿

从秦皇汉武到唐宗宋祖
从耶律阿保机到完颜阿骨打
到铁木真，到朱元璋
到爱新觉罗努尔哈赤
我挨个儿塑，并打乱顺序
将他们放在同一个
持续加温的铁盒子里
有时我会突然打开盒盖
看他们是否会
惊慌失措，抱成一团
或者抠对方身上的蜡
填补自己化掉的部分
有时候我会悄悄贴耳
偷听狭窄的盒子里
黑暗发出的回音

舍身崖

舍身取义的地方，走投无路
可纵身一跃，与人间一笔勾销

舍身崖下，湖水清澈
浪花比绝望者还要苍白

那天，我站在舍身崖边上
湖中倒影，盯着岸上的真身

我想，命中陡峭的人
灵魂都有一面悬崖

叛逆的水

很多时候，我把自己变成
一滴叛逆的水。与其它水格格不入
比如，它们在峡谷中随波逐流
我却在草尖上假寐；它们集体
跳下悬崖，成为瀑布，我却
一门心思，想做一颗水晶般的纽扣
解开就能看见春天的胸脯；它们喜欢
前浪推后浪，我偏偏就要润物细无声
他们伙在一起，大江东去
而我独自，苦练滴水穿石
捡最硬的欺负。我就是要叛逆
不给其它水同流的机会。即使
夹杂在它们中间，有一瞬的浑浊
我也会侧身出来，努力澄清自己

玉珍

1990 年生于湖南，中学开始创作，主要创作诗歌，偶有散文、小说、随笔。2013 年获“第 6 届张坚诗歌奖·年度新锐奖”，2014 年获“人民文学诗歌奖·年度新锐奖”，2017 年获小众年度诗人奖。2019《长江文艺》双年奖诗歌奖。出版诗集《数星星的人》。

李元胜点评：

玉珍的写作技艺超出了她的年龄，而发掘具体题材的真正价值时所显示的思考深度，掌控一首诗的走向时的大局观，同样给人以惊喜。

我的梦——

我的梦如此浓烈以致溢出现实
我的死过于缓慢以至生生不息

最后的我

——给赫塔·米勒

在这里我一无所有，在别处也是
徒手来去的路如此轻松
我爱玫瑰但它刺我，爱时间而它不辞而别
谁曾用诗歌代表所有人
借语言申诉，却无法代表自己

人用哭号震碎生活的面具，在瓦砾中
挖掘往事的宝藏，我们凭记忆而活
但真正的爱不是具体，你爱着一道虚光

我爱生但不是生活，爱死亡但不想死
废墟是命运的尸体，我还小不能夭折
到最后只想活着

为了听见我培养耳朵，但背叛从未终止
为了看见我几乎弄瞎眼睛
他们在我身上挂满道具，苦命的女主角
用三秒奔涌而出的哭，表明入戏太深
我爱谁爱得忘记自己？如果世界冷酷
我将无功而返

哦为何——我总是听见哭声，虚幻的人群
在梦里游行示威，举着旗帜这瘦削的脸
在一片人海中梦想出现，我渴望与时代一同上路
这所有心跳的大动脉中
我只是一滴血

我爱过一双眼睛

我没有初恋，只爱过一双眼睛
那属于——精神的疯狂
他对着空蓝的海水
闭着嘴说话
眼眶里的深邃，让人心疼
那种海水哭泣时的颜色
湿润的——危险的蓝，发出触礁的
宿命的讯息

他跑起来像一只豹子，脸的雕塑反射着光影
太帅了，跑出了死亡的速度
14 岁
我在一头豹的眼中学习了爱情
那是双深不见底的眼睛
我爱过的
唯一一双眼睛
——在我这里他永远不会老

穿过——

河流穿过森林，风穿过湖
猎人穿越鸟群与北斗
梦穿过自闭症的眼睛

男人们穿过沙漠，死亡穿过哲学
悲伤穿过失忆者的脸
晨光像星群在雾中迁移

我从童年与少年中回来
天很高自由很伟大
一场梦仿佛穿过一生

雪的花朵

我在雪原中站立
周遭是浩瀚的寂静
我为雪海，为婴儿眼睛般的纯净而赞叹
为一种获得美的途径而惊诧
这是种奢侈的遗憾
我们没法栽种这样的花朵
没法保存它极致的美
雪落下
不知从哪儿开始落下
不知成就了多少无限的纯洁
它在我掌心融化
一朵，另一朵
消失得真快
但已是疯狂的一生

阿芙洛狄特

最美的事物总令人绝望
最好的爱也是

但我依旧
有这两样就够了

明亮的脸
在黑夜也是清晰的
夜越深，越清晰

就像自由
自由也令人绝望
但绝望造就了我

为此我精力无限
从时间强悍的手中穿过
将代表我苦难的家族从年轻走向永恒

大世界

我像我父亲，而他像天空
整个家族像一个古堡
出入的后代像经书上的文字
世界是何其的大，我只要其中一部分
而那部分不全属于我

天空，一种父辈的威严照亮大地上的孩子
无穷蔓延到整个宇宙
人需要这些来感悟人间的神圣
那是造物主的秘密
当我站立时感到了那庄严
像伟大的岛屿耸立在寂静中央

蔷薇的刹那

世界打开了他的窗，光芒
拥挤着涌入，天亮得正是时候

我擦拭书桌昨夜的灰尘
白蔷薇认真望向我
它喝下的水撑开一朵蓓蕾

十分钟过去我没有说话
十五分钟过去我没有说话
香樟树温柔单纯
天花板闪烁着沉默

听，有人从窗外走过

总有人从窗外走过

一枝手中的花朝向天窗

一朵花中的蕊朝向永恒

平凡的一天

满地龙葵草——大地新鲜的来客

鲜花从山坡蔓延至家门口

柳色青燕子轻

风中还有白杨叶的香气

我坐在阳台上

金黄的奢侈铺满全身

暖和，自由，美妙难以言传

他们在洗衣，做饭，唱歌

他们的一生该永远如此

太阳该一直这样暖和

活着真是美好，谁人家菜花飘香
谁人家嫁女招郎，孩童们追着蝴蝶
从老人身边跑过

我也会这样度过一生的
太阳一直这样暖和
人们一直这样善良

一生中的一天

每个夏天风中都有黄蔷薇
每天从这里经过男人和女人

六月的天空倒下流动的金黄
焦躁的大街恍如隔世
一个拼命打扇的人渴望末日般的冰凉

我们的对话轻柔，寂静
如森林深处的羽毛
伦理是苍老的话题，谈哲学有些严肃

但时间，从墙角剥落了大片的蔷薇瓣
从这里经过归来的男女
如此迅疾，火烧云烧痛了天空

我从阳台端进我的蔷薇花
一天过去并没有什么不同

我知道一生也将这样平庸地过去

李点

1969年生，河北衡水人，现居北京。作品见于《诗刊》《星星》等。有合著诗集《草色·番茄·雪》《三色李》。

李元胜点评：

李点写人间、写生死、写爱的难放手，不一泻千里，不千曲百折，只是说话般，近乎白描，看似容易，其实难度很大，叙述中取舍的难度很大。

那时

我偷偷把你唤作亲爱的
把你的姓氏涂在手心里攥住
那时，我饱满并且慌乱
等待着幸福降临

直接哭了

我能想到最开心的事
是我死了
你风尘仆仆来看我
最好不过的情景
是你一个字都没说
直接哭了

番茄

如果可以是果蔬
我必定是多汁的那种
红艳并不重要
但一定要品质上乘并且坚定

内心要软
如果有意外发生
要懂得疼痛并及时大呼小叫
接下来
要深深爱着这些伤口

写在春天到来的时候

我想哭
大声地哭
高一声低一声粗一声细一声
一声接一声地哭
像母亲用旧的纺车
在深夜，持续发出迂回的嘘声

我想哭
在春天到来的时候
哭声不是一个人若干悲伤的宣泄
我想用这种方式，告诉世界
命运垂怜了一个女人和她曾经的苦难
让她一推开窗，便看到
紫荆花在开

我很久没有去爱了

我很久没有和你聊天了
很久没有写诗了
很久很久
我没有在上班路上
把一颗小石子踢得老远
又追上去
找到它
再踢
往更远处
那时，我是快乐的
我很久
没有去爱了

想把一首诗写成这样

我把草压低
是为了方便有人
来看我
我有爱并安详
始终

未受冷落
这和尘世的生活
基本一样

我是世间多余的一部分

世间发生着的一切
和我无关也和我有关
当地球微微摇晃
我不得不考虑它们的存在和我
有着怎样的关系
依存，抑或对立，紧张，抑或缓和
很多时候
我都是在来路上
不断地退缩
不断地把自己腾出来
仿佛只有这样
那些可容之物
才不会从容器里面溢出来
仿佛我是世间多余的一部分

不好过了，就哭一会儿吧

在寂静中醒来

被寂静打倒

想这寂静

冥冥之中必有谁在布置安排

曾几何时

她在人群中指认了我

并降下灾难

寂静如斯

令我惶然不知所措

我深知她做出选择的谨慎

而我，别无选择

那时我想，不好过了

就哭一会儿吧

我只在心里喊了一声爸爸

父亲在地下行走

行踪隐秘令人不安

一场雨后

坟茔略有塌陷

我给父亲捎来纸钱、水果、点心和烟酒

几天过后
不知收到了没有
大姑说，你姐俩上坟的时候
一定要大声哭一哭
姐姐哭了
我没哭
我只在心里喊了一声：爸爸

月亮

清晨，一枚月亮
斜挂在天空
如果把它涂成红色
它就是一轮红日
如果涂成绿色
它就是一小片原野
如果把它涂成蓝色
它会顷刻隐匿在空旷的天际

如果涂成黑色
它就是一个人的深渊

龚学敏

1965 年生于四川省阿坝藏族羌族自治州九寨沟县。1987 年开始发表诗作。1995 年春天，沿中央红军长征路线从江西瑞金到陕西延安进行实地考察并创作长诗《长征》。已出版诗集《九寨蓝》《紫禁城》《纸葵》等。《星星》诗刊主编，四川省作协副主席。

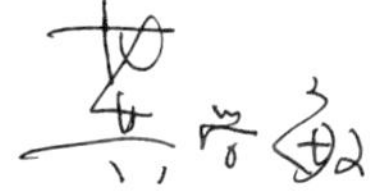

李元胜点评：

龚学敏是一个低调然而又雄心勃勃的写作者，他喜欢在旷野中找题材，历史深处觅线索，然后在重叠的时空或场景中，尝试呈现人类在不同时代里的共同处境。

在彭山江口张献忠沉银处

风撕破的传说长成棉花，把梦
垫得春天状。岷江的被子一盖，
川腔捂死在银子的倒春寒中。

字夭折在盖碗茶的路上。
风声在时间的码头煎熬，一紧，
真还炼出了银子。

挖掘机在冬天最瘦的说话处，
给日子开药方。

姓氏一摞摞的空碗，
被明末的枪一挑，便烂了四川二字。
蜀犬一吠，天下川人皆麻城。

风被铁皮船的辣味驯养成伤疤，
挂在书中，繁殖简化的字体。

银子在岷江骨折的号子里，
贩卖人口。

画眉教张献忠的名字唱川剧，
水在粘连撕裂的姓名，
我把手机喂给了木偶的骡子。

在雅安上里古镇

韩家银子、杨家顶子、陈家谷子、张家锭子、许家女子。

——上里民谚

让词典中的茶和马一样隐秘。平水桥的
月光被标语的土地摊开。
雅鱼在铺板上，用油漆，
繁殖手绘的地图。

买来的开阔被枫杨拴在韩宅的眼神中，
买来的解说词，像是定制的银子，
背一遍，薄一点，
让汽车睡在经济稻草的下面。

官印风干成大门腊肉一样挂着的匾。
烧红的字锻打的顶子，
戴在驿站姓杨的平安处。县志中的茶叶，
刀枪不入。

陈家田中谷子的鸟鸣，叫做陈年，
酿酒，酿斯文，酿张家的皮驼子。

许家的水被马噙成茶，上至天蓝处，
为云。下到雅安，淋透一城的妩媚。

写生的客栈走到最后。二仙桥，
把马甲披在神仙身上，
此生和彼岸，只是一枚茶纽扣的，
两种系法。

备注：拳头，四川方言俗称锭子、皮驼子。

在云南澄江县抚仙湖

攥成拳头的蓝，把神仙说话的口气，
捶成天空。

人世骑马而过，
恣意的马鞭草一误再误，把来路，
和归途，一概抽打成路标中，
油漆冬天的鸥，死给
在风中怀孕的孤岛。

神仙在玉米地中发育。
阳光里滚落的黄色南瓜，绊倒在

女人的边疆。一碗粗糙的蓝，
用喝酒的方法，生儿育女。

单车死去三回，我才把一株女人
种活。
不停梳头的铁皮船，
用救生衣的头皮屑一遍遍说谎，直到，
夜幕三合。遗一合，
像是天空下腹的细软，说实话，
而后，后世无人敢以霾为名。

在去甘洛的绿皮火车上

创可贴的雨打在夏天的皮肤
捻成羊毛的线白昼的叫声上，被夜
泡胀开来。

盘踞的长发在割开的时间上筑巢，
打更的鸟用铁轨剃头，算计
夜的大小，和土豆的死活。

隧洞的安眠药停靠在蜘蛛
用矿泉水凝成的眼睑上。

绿色的电潜伏在一捆捆的夜幕中，
直到把江河跑小，用灯光喘气的
钢铁，在山上的桉树中蜕皮。

辣椒停靠在坨坨肉开门的每一个站口，
用仅存的河水在木碗的酒中睡眠。

傍着火苗生长的创可贴，
收割苦荞的村庄，和途经露水时
打湿的方言。

绝色的籽，被隧洞的刀切开，
站台的无名指上，
大凉山的发辫，被茶走过的雨水
击中，长出羊子们满坡的回音。

在鄂尔多斯草原谒成吉思汗陵

蒙古人长调的树站在草原上哭泣，
鹰一脱帽，
整个地平线被白马转世的倏忽，
画成一条鞭绵长的孤寂。

街道的芨芨草用方言描述安达
的鱼。
酒被马头琴拉长，女人，
把夕阳揉成酥油。川茶，
被风钉在夜晚最沥青的路上，
越哭越淡泊。

木讷的沙，挤在一起取暖，
黄河一错再错，
把面纱搁在一匹马掠过的红柳上
慢慢黎明。

众神宫帐的雨季的经匣，保持宽容。
飞机虚弱，天然气的草籽一律向上，
大地空旷如同刚颂完经的草地。

在西昌邛海

铁链拴住的鱼腥味，被鸥啄破。
木船的刀，嵌在水面年迈的，
相片中。游人不停地遗失
用旅程中的汽车喘息的饼干，
直到遇见鲶。

渔夫的身世剔开伏在海上的月光，揉进
飞奔的擦尔瓦，众鸟歌唱，
水成为走在最后的守夜人。
苦荞沿着山势播撒鱼肚白的栅栏，
和黄伞下面成群的高腔。

肥硕的鱼腥味与柳树，密封
尚未谋面的洋芋。
月亮走过一茬，怀孕的歌谣，
便生产一坡。
洋芋中长大的光，酿成虾，
伐树，把柳插在一座城明朝的，
辞典中，晒到花开异处。

群居的水，把画册的草，
养在鱼道不破的话语中。

在邛海，水面晒黑的铁，语速短暂，
女人捞出声音，
打包，装箱，挤在时间干燥的，
月琴中。

在河南原阳高速公路服务区

梦魇的翅膀从灯光中播报飞蛾的
新闻。瘦弱的声音死去，
一块叫做博浪沙的锤音制成
的路标，撞成残废，
被来往的喇叭的绷带裹成绿化树。

我是趴在电梯口偷听河南梆子
用唱腔落雨的创可贴。

超市土特产方言的绳子上系着
汽车牌照的字母。

面条在说话的铁锅中不停导航，
隔桌的女人捡出碗中的错别字。

最矮的蚊子给汽车的影子编号，
抽签，决定睡眠的厚薄。

汽车苟合的零件把梦魇撕成纸，
贴在黄河的美容术上。
房间的树，一夜荣枯，
把张良的年龄老成散装的啤酒。

在武汉东湖读毛泽东《水调歌头·游泳》

门口的香樟，把天气预报拧了一拧，
晾在武昌鱼鲤科鲂属的目录中午睡。
川味雪茄的细猫步，
挂在树梢报时，猜测梅花的婚姻。

未出门便老式的汽车。
玻璃在对面复印信笺上生疏的笔迹。
一只叫做楚天舒的龟，被高速路的巢，
养殖到蛇年。

伏案的火柴一点点吞噬时间。
睡衣把补丁安置在会议室的座位上。
用解密的姿势仰泳，
秋风打在文件红头的背上，
一捧撒入东湖的字，潜水而逃。

大江已东去。
口吃的洒水车，把水调在歌头上。

截断巫山云雨的半床书，被解说员
一句句翻开，直到逝者如斯夫。

在东湖。梅花一瓣瓣凋落的黑白档案，
化作墨汁。樟树晚年眼神老光，
字写得大。

在承德木兰围场

狼毒花的水引领风撕碎的沙。

雪从清史的酒坊早醒，
黄金给钉在石壁上的草原偷换概念。
喝酒的鹰，一错再错，
康熙把早熟的雨，驯成牛羊，
给玻璃暖胃，
给军训的汉字，刷漆，醒酒。

阳光切开的歌谣，在呼麦的河中
蛰伏，骑着酒马的歌手，
用合上的书名，凭吊风的小。

人工林的手术刀翻捡风的心跳，
和熊遗在书中的胆魄。
蘑菇擦拭手术台说话时露出的血迹。

晒化的女人用风刮走草原的子宫。

袋装的雷声，在牛角上贩卖
诚实。葵花朝着的方向，
是风力发电机说谎的证据。

狼毒花的水引领风撕碎的沙，
喝过酒的书，一搭脉便醉倒了。

在秭归谒屈原祠

屈子，后辈也当是先人之天，问他们。

——题记

再读遍，国终是要破。杂交的橘，
越渐聪明，像坝上迎风的标语。

中药被导游背诵得丰沛起来，
捆在山门的伺机处，
桂花的赝品，一步步印刷体走着，
直到《九歌》溺死在堆起的水中。

莲花鼓的手指用简体字，
裁剪挖沙船，鱼在纸上画地为牢，
像是戏台上感冒的话筒。

濒临死亡的酒，
怀抱诗句中的石头，被江风，
钓起。生产黎明的工厂囤积，
残疾的时间。

汽车们离骚，夜灯趴在江边，
收取过往的粽子用方言贩卖的门票。

牌坊叠在新诗的铁锈处，
像《天问》的血，被女护士，随手，
喂给鱼夜行的合唱团。

衣米一

湖北人，现居海南三亚。诗歌作品发表于《诗刊》《十月》《汉诗》《星星》《青春》等刊物，入选多种选本。获第二届中国独立诗歌奖。著有诗集《无处安放》《衣米一诗歌 100》。

李元胜点评：

衣米一的诗歌立场是独立的，不管是身边的事物，还是别处或者别的时代，出现在她的笔下时，都经过了她的严苛审视和推敲。这是非常难得的一个品质。而她的作品却是充分敞开，不同处境的人，可以解读出不同的寓意来。

酒店用品

它们租用我们
我们的身体成了它们的工作间
梳子牙具沐浴液
按照自己的法则
清理我们
从皮肤到牙齿
疏而不漏
泡沫成团涌起
水
顺势而下
每到一处就创造一处小世界
我们视这一处光洁如新
适宜复活
或者诞生

针线包缝合厮磨落下的扣子
缝合我们的空隙和深渊
我们不能否认
我们是带伤而来的
在旅馆
黑暗吞噬我们就像岁月
吞噬我们的青春

它吞噬得越多
我们就越沉默
它吞噬得越快
我们就与它等长等宽等高
这是一个没有旗帜的领地
我们成了彼此的旗帜
我们物质
我们不灭

写给一只失踪的母鸡

我期望一只母鸡带回一群小鸡
我期望她不是失踪而是出门去生儿育女
我期望她现在有一个巢，这个巢已经铺上了干草
我期望她不是厌倦了我，即使厌倦也不厌倦整个世界
我期望我的家像极了她的巢，虽然我并不知道那个巢
　在何处
我期望那个巢旁边有粮食，附近有虫子，后方有春天，
　前方有夏日

我期望一只母鸡回来时爪子仍然是爪子
她成群的儿女踩着小小的爪子在我面前挤来挤去

南方的房子

南方的房子
端坐在南方
她养着一些蜥蜴
并允许他们
趴在她身体上

她没有经历怀孕和分娩
也没有一个异性来
充当这些被养者的父亲
但，这不妨碍他们互爱

他们的爱，反复经受着黎明前的黑暗
和黑暗后的黎明
在很多时候
很多事情上
他们是共密者
是同谋犯

每天，当一切都安睡了
南方的房子和她的蜥蜴
还醒着
他们打量着

温暖潮湿的南方
他们，从不打算搬到另外一个地方去

这一切。这些蜥蜴
使南方的房子
有别于
其他的房子

今生

我需要一间房子
来证明我是有家可归的。
我需要一个丈夫
来证明我并不孤独。

我需要受孕、分娩、养孩子
来证明我的性别没有被篡改。
我需要一些证件
红皮的、绿皮的和没有封皮的
来证明我是合法的。

我需要一些日子
来证明我是在世者，而不是离世者。
我需要一些痛苦，让我睡去后
能够再次醒过来。

我需要着。我不能确定，我爱这一切
我能确定的是
我爱的远远少于我需要的
就比如，在房子、丈夫、孩子、证件、日子和痛苦中
我能确定爱的，仅仅是孩子。

还有一种爱，在需要之外远远地亮着
只有我知道，它的存在
我并不说出
爱被捂住了嘴巴
爱最后窒息在爱里。

在海边

在海边，爱一个毫不相干的人
带他回家，给他幸福。
用他的沙子
为他造一双儿女，用他的海水炼出喂养他们的盐。
他的儿子出生在白天
他的女儿出生在夜晚。
我度过了完美的一天
历经恋爱，生育，和死亡。

摸

摸物质。墙。土。树皮和树叶
那一天的光阴。摸人。摸你
我想这样做，摸进你的肉
再继续，摸进你的骨。再继续
逼你来摸我。你吸气，呼气，被我看见
我就摸你的气，像摸没有
你被我看见了你的气，你肯定不是假的
我肯定不会后悔。

站着摸，坐着摸，躺着摸，跪着摸
明里暗里，你懂的
隔壁的猫今年生了三胎，她总是叼着最小的一只
飞檐走壁。她不断摸小猫
不断被小猫摸，这是她的生活
我无法模仿，我已经叼不动我的孩子。

水流不止。江里的，河里的
心里的，眼里的。其实我摸不了这么多
也可能，我摸你，你摸橘子
橘子什么都不摸
什么样的手伸向什么样的人
什么样的人伸向什么样的物

我摸答案。我摸到索雷斯库的句子
“天哪，我的灵魂
发出一些奇怪的声响。”

凌晨两点

凌晨两点
我轻手轻脚上床
他还是醒了。
他睡意朦胧地问
现在几点。
我的回答是
一个他可以接受的数字。
嗯，他说
抱紧我
亲我。
我照他说的做了。
亲我
抱紧我。
我又照他说的做了。
做这些动作时
他半睡半醒
我是清醒的。
房间黑暗

他在高处时
像我的教堂
他在低处时
像我的湖。

绝技

做久了人类
我暗暗羡慕起其他一些物种
它们非凡的能力

比如蜘蛛
可以吐丝
可以长久地挂在天花板上

我找了一间暗室
偷偷练起蜘蛛的动作
为了学会爬墙走壁
我用去一堆白花花的时光

一天，暗室进来一个窃贼
他东张西望
以为这是一间空房子

我决定不放过
这个检验自己功夫的机会
我将四肢展开
紧贴在天花板上
并故意弄出若有若无的响声

他一抬头
马上吓得魂飞魄散
我迅速下落
飞到地面时
他气断命绝

这个结局
让我悲伤
身怀绝技的我
显然不再适合混迹人群

在火里

你不知道我在火里的模样
你以树木描述我，以灌木乔木描述我
以纸或者油描述我
你听到了噼噼啪啪燃烧的声音

你以炮仗描述我，它是喜事和丧事埋下的地雷
你以倒下的灰来描述我
只有这一次，你是正确的

杀死一个海

杀死海
杀死它留有
海草味的嘴巴
杀死它蔚蓝色的眼睛
它正看着我们
它的眼睛过于大
过于深
过于干净
像一个孩子
面对一个
眼睛又大又深又干净的海
我无力举刀
我泪流满面
我一生
只能是这样一个人
海被别人杀死

唐力

1970年11月生于重庆。中国作家协会会员。2005年参加《诗刊》第21届青春诗会。2006年至2015年任《诗刊》编辑，现为重庆文学院专业作家。著有诗集《大地之弦》《向后飞翔》《虚幻的王国》。曾获第四届重庆文学奖、首届何其芳诗歌奖、第三届徐志摩诗歌奖、储吉旺文学奖、十月诗歌奖等。

唐力

李元胜点评：

唐力的诗歌厚重、深沉，他的写作资源来自于同样厚重、深沉的当代现实。他的作品里面常常能读到悲剧中的勇气，生死挣扎之际敞露的人性之光。更为难得的是，他是通过精心谋划的语言细节来实现这一切的。

缓慢地爱

我要缓慢地爱，我的爱人
当我坐在这个屋子里
我要缓慢地爱着这傍晚的夕光
从窗前移到窗台。我要缓慢地爱着
这些时间。我要把 1 小时换成
60 分，把 1 分换成 60 秒
我要一秒一秒地爱你
就像我热爱你的头发，我也是
一根一根地爱，把它们
一根一根地从青丝爱成白发
而其他的人只会觉得，一瞬间
飞雪就落满了你的头颅
就像我在你的眼角，热爱你的鱼尾纹
我也用 60 年的光阴，一丝一丝地
热爱。就像我们并排而坐
我们中间有 0.5 米的距离
我就会把它分成 500 毫米，一毫米
一毫米地热爱。仿佛永远没有尽头
就像在艰苦的日子里，我爱你的泪水
我也是一滴、一滴地热爱……

在我缓慢的爱中，我飞快地
度过了一生

火车站

火车站，一个巨大的子宫
容纳了那么多的离别和痛苦
容纳了那么多的
泪水和欢欣。人声鼎沸，汽笛轰鸣
落日下沉，天空高远
亿万年的时光在楼群上
闪着微光。而在下面
一辆火车，像一段撕裂的脐带
就要离开站台。我扛着我的身体
从火车站口出来，面对生活
我再次诞生，不是通过母亲
衰老的身体
而是通过巨大的，嘈杂的火车站

家谱

我的手指抚摸着
这些家谱上的名字：
德高、德全、义友、义仁、全伯……
抚摸着这些名字
我仿佛抚摸着他们乱蓬蓬的头发
藏着土屑、稻草、烟火的皮肤

抚摸他们沧桑而皲裂的面容

沉默不语的嘴巴

抚摸着他们经历的苦难、艰辛

和微不足道的忧伤

和他们一生中难以更改的命运

我抚摸着这些和我血脉相连的名字

他们在我的手指下，一个个细小如蚁

安静、从容、平淡

看到他们，在我的手指边

一一滑落出来

仿佛是我的手指

诞生了他们——我的亲人

翻着这本书，就这样

我的手指诞生出一个庞大的家族

我感觉到，我的手指有着

临盆的巨大痛楚……

雨中的话亭

大雨瓢泼

一周前的一个午夜，我独自

经过寂静无人的街道

我听到细细的哭声，在雨夜
哭声抓住了我的心

是雨中的电话亭！在哭泣

它的声音，很轻很微弱
夹杂在庞大的雨声里，但那独有的痛苦
仍能使我分辨出，那是哭声

这是午夜，一个电话亭泪水滂沱
蹲在路边哭泣

我呆住了。我没能上前去安慰它
我也不知道该怎样去安慰它

我很想去抓起它的手，但

我不知道话亭的爱和忧伤是什么

我只知道，雨中哭泣的话亭
同我一样孤单，同我一样凄惶

一个死去的朋友

一个死去的朋友，回到我的身体中

我相信了他的回来，在白天
在午夜，他零零散散地回来
一件一件地回来，一声不吭地回来
最终在我的身体，集合了他
全部的零件：他的泪，他的血
他的声音，他的头颅，他的无法转动
的眼睛，他无力飞翔的手臂
他的两条走上不同方向的腿——
一声急刹车，曾将他们分散

他的努力没有白费，我看见他此时
正坐在我的身体里，把打成死结的
最后的一声惊呼，企图用手
慢慢打开，再送回喉咙里。他
甚至把那高等级公路上，流失的
疼痛也一点一点地收回，存放在
我的身体里，像一枚结石
我知道，这一切布置停当，会有

一辆沉重的卡车，开进我的身体——
一场车祸，重新开始
他利用我的身体，再一次死去

一个朋友

在老虎中间散步

我在老虎中间散步
那些老虎，散落在
山坡上，岩石边，草地上，阳光下
或者躺卧，或者蹲伏，或半仰起头
或者站立，或者走动
众多的老虎，它们目不斜视
或者顾盼有姿，就是
对我熟视无睹
它们有的细数身上闪电的斑纹
它们有的被自己身上的黄金
所惊动，而抬起头来
它们有的悠闲地走来走去，就像
穿着横纹睡衣的老人一样
我就在它们中间散步
不惊动它们，也不

与它们混为一谈
我的颜色并不比它们鲜艳
但我是站立的，我比它们要高
我的孤独，也因此格外醒目

头羊

头羊走在前面，沉着，冷静
后面跟着一大群羊，它们走过
路上卷起灰尘，赶羊的人
站在队伍的旁边，他不会成为
其中的一员，他是被赶出
羊群的人
头羊走着，沉着，冷静，远比
帽檐上沾满灰尘，身体里
藏着羊膻味，衣襟里
揣着羊粪的
琐屑的赶羊人高贵，有着尊严
一大群羊跟着头羊前进
它们的欢乐，铺展成一条街
它们走过，一路卷起纷扬的灰尘
只有那卑琐的赶羊的人
心中藏着秘密：要控制一群羊

就要控制好头羊。现在
一大群羊，正跟着头羊
兴高采烈地，奔向屠宰场……

鸵鸟

我在动物园里看到它：高大，灰暗
它的脚下是细沙，一小块微型的
沙漠。它几步就可以跨越
这非洲最后的王者，它的疆域不过
几十平方米。它的翎羽凌乱
潮湿。因为此时有雨下来
它看起来更加暗淡。突然，它
张开了翅膀，叉开了
双腿。身体弓起，我们都以为
它将有惊人的举动。一时
驻足观看。却看见它拉下一堆大便
我们纷纷掩鼻而去

一个孤独的王者。它大步行走
拒绝飞翔。在有限的地域
在肮脏、低沉和寂寥中，放慢自己的步履

葡萄

在园子里的葡萄架下

枝叶交叠之中

在众多的葡萄之中

我看到唯一的那颗葡萄，紫色的绝望

沾满了晶莹欲滴的露水，清晨的露水

一只鸟要把它的死，藏在哪儿呢

一只鸟，要把它的死

藏在哪儿呢?

藏在一棵大树里?

而大树已从森林里走失

藏在鸟窝里?

而鸟窝已在雨水中腐烂

藏在闪电里?

而闪电的骨头已经灭失

藏在雷霆里?
而雷霆已做了声音的坟墓

藏在肮脏的狗嘴里?
而狗嘴里已塞满了羽毛和象牙

藏在无名的黑暗里?
而黑暗已在黎明里渐渐消散

藏在光线里?
而光线明亮得足够让人羞耻

在渺渺的天空里
在滔滔的大河之上

一只鸟衔着
它的死亡在飞

它慌乱、凄惶
走投无路

它要将它的死藏在哪儿呢

叶舟

诗人，小说家。曾获第六届鲁迅文学奖、《人民文学》小说奖、《人民文学》年度诗人奖、《十月》文学奖、《钟山》文学奖等。现任全国政协委员，甘肃省作家协会副主席。

叶舟

李元胜点评：

叶舟始终是一个意义的追问者，数十年的写作，追问的方式不断在调整，而追问一直继续。他的作品已经近乎自由之境，更放松，更朴实，裸露出的东西更为震撼人心。

咏叹

白云悲伤么？白云的
悲伤不告诉我，因为
它身旁坐着佛陀。

鹰悲伤么？鹰的
悲伤看不见我，因为
它的翅膀披满了佛光。

石窟悲伤么？石窟的
悲伤已经熄灭，因为
鲜花和飞天在此出没。

我悲伤么？我的
悲伤显而易见，因为
大地寒凉，已是秋天。

……这高地，这永恒的使命，却依旧滚烫。

确认

从壁画上下来，就再也
没能回去。

拾柴，吹火，煮粥。
到了正午，
又诞下一群儿女，
放入羊圈。
剩下的事情，就是
一灯如豆，
在傍晚穿针引线。

石窟是黑的，
人世上也没有一扇
轻松的门。
从壁画上下来的
菩萨，早已
是我的母亲。

敦煌的雨季

雨下进洞窟，
并不像那些沙粒，
可以破土、萌芽，抽枝散叶，
写下秘密的经书。
雨，一旦落下，

那些白杨树上的鸦群，
将要摘下面具，
有的成修士，
剩余的，则是兄弟。

下雨时，一匹发光的马，
也会卷起壁画，
驮起菩萨。
如果有一盏灯更好，
可以看见藻井之上的
那朵白莲花，
原来，是牧羊的卓玛。

事件

我丢了一粒沙子。

刚才，就在一只
仙鹤擦过头顶，
它的翅膀忽然变凉；
就在月牙泉边，
一只鱼，吐露心扉，
说看见了第一块

世上的冰；就在
芦荻悲鸣，
羊群开始打草，准备
御冬的干粮；
真的，也就在我走过
鸣沙山之际，
我丢了一粒沙子，
一滴坚硬的
眼泪。

秋天来了。秋天一定拾走了，
地上的东西。

真经

其实，天空和云朵
乃是一部真经。

我从鹰隼的嘴里得知，
天空的最深处，一堆
篝火嘹亮；
佛陀和弟子们，鹑衣

百结，烧烤土豆——
在广寒的下界里，人们
停下手，用一贫如洗的月光
秘密取暖。

我从雨水的书信里看见，
那些弘法的仙鹤，
像寺庙与灯火；
谁打开了石窟，谁就是
早上的供果——
那一日，母亲大病初愈，
我抱她回家，犹如
抱起了白发苍茫的菩萨。

那么巧

那么巧，让我在冬天，
碰见了一只
掉队的
大雁。那么巧，
彼此握手，点烟，
互报姓名。

真的，我没有告诉它
关于纪律、法度与败北。不是
因为别的，你其实知道。

那么巧，在最荒凉的时候，
我把手伸进天空，
开始取暖，也终于在黑暗中
大雪纷飞。

吃茶

茶是云南的：这秘密的
发酵，像月亮
在秦朝与大唐，
脱下的缁衣，
百衲鸠结，
寒露深重。

茶是当年的：泉水
点灯，照见
这一生的奔波
与败北；惟有

在黄昏的啜饮中，
才能苏醒。

吃茶，而后
去月光下晒经。

怒放

不需要讲的，一定
留在了纸后，
不置一字，让春天
去宽恕。不需要澄清的，
最好让天空的纽扣，
不，那些美好的大雁，
裹挟而去，
没有心悸或燃烧。
不需要离别的，比如
水和墨，
爱与哀愁，宁愿
让一盏灯去秘密照亮。
不需要写下的，
就此止笔，因为太多的
喧嚣中，必须看紧

内心的羽毛。不需要
祈祷的，从此
不必恳切，
因为这一生的飞行中，
我从来鲜花吹袭，
迎风怒放。

白雪咏叹调

鸽子一样的雪，
鸽子高的天；
鸽子一样的狂风，
吹着鸽子一样的人间。

鸽子一样的云，
鸽子般地飞；
鸽子一样的你呀，
带着鸽子一样的心。

鸽子一样的菩萨，
鸽子似的母亲；
鸽子一样的热烈，
降下鸽子一样的春天。

生日

多少爱，像痛苦站在了地平线上。

迎着那一场风雪，在高迥的
内陆，我守住敦煌和菩萨。
我凿试手艺，塑下金身，
月亮一样去染成净，接近了黎明。

所以，和世上的儿女们
一起劳作，一起热泪盈眶。
如果天空扔下试卷，命令作答，
我知道，谁又在眷顾这热烈的生命。

树才

1965年生，原名陈树才，浙江奉化人。诗人，翻译家。文学博士。1987年毕业于北京外国语大学法语系。1990-1994年在中国驻塞内加尔使馆任外交官。现就职于中国社会科学院外国文学研究所。著有诗集《单独者》《树才短诗选》《树才诗选》《节奏练习》《心动》《灵魂的两面》等，随笔集《窥》，译诗集《勒韦尔迪诗选》《夏尔诗选》《博纳富瓦诗选》（与郭宏安合译）、《希腊诗选》（与马高明合译）、《法国九人诗选》等。曾获首届“徐志摩诗歌奖”、首届“中国桂冠诗歌翻译奖”、第三届北京诗歌节“金葵花奖”、法国政府授予的“教育骑士勋章”。

树才

李元胜点评：

把以前发生过的一切，纳入到眼前的景观中，让诗歌成为独特的个人考古学，这是树才的努力方向。情绪最多只是一个基调，知识更不重要，重要的是，被闪电偶然照亮的那些幽暗小道。

永远的海子

一位朋友，心里驮满了水，出了远门
一位朋友，边走边遥望火光，出了远门
一位朋友，最后一遍念叨亲人的名字，出了远门……
从此，他深深地躲进不死的心里。

他停顿的双目像田埂上的两个孔
他的名字，他的疼痛，变幻着生前的面容
噩耗，沿着铁轨传遍大地……
多少人因此得救！

兄弟，你不曾倒下，我们也还跪着
我们的家乡太浓厚，你怎么能长久品尝
我们的田野太肥沃，你刨一下，就是一把骨头……
你怎么能如此无情地碾碎时间？

你早年的梦必将实现，为此
你要把身后的路托付给我。像你，
我热爱劳动中的体温，泥土喷吐的花草……
我活着。但我要活到底。

你死时，传说，颜色很好
像太阳从另一个方向升起血泊
你的痛楚已遍布在密封的句子里
谁在触摸中颤抖，谁就此生有福！

卡夫卡

一场旷古无双的肺病，
卡夫卡来到世上。
他通过肺观察这世界，
难怪一辈子惴惴不安。

他的大眼睛里有光，
他的大眼睛里更有死亡。
仅仅这双大眼睛，人们
回避了他的有生之年。

如土委地的眼神也出神入化，
他的肺叶吸入了太多的灰尘。
一个人，就这样患病！
一个天才，就这样早夭！

这是一个来不及享受健康的凡胎。

这是一个来不及挽救自己的天才。

阅读

上午的阅读
下午的苦闷
每一本书是一只口袋
摸到底，感觉是空的

站立的是一棵棵树
坐着的是沉默的土地
走来走去的人类，走累了
躺在树荫下阅读

青菜一垄，昨天刚种下
“怎样才能让它们
在生长的同时，接受
走向菜刀的宗教？”

极端的秋天

秋天宁静得
像一位厌倦了思想的
思想者。他仍然
宁静而痛切地
沉思着。

秋天干净得
像一只站在草原尽头的
小羊羔。她无助
而纯洁，令天空
俯下身来。

树叶从枝丫上簌簌飘落。
安魂曲来自一把断裂的
吉它。思想对于生命，
是另一种怜悯。

所幸，季节到了秋天，
也像一具肉身，
开始经历到一点点灵魂。

秋天总让人想起什么，想说什么。
树木颤抖着，以为能挽留什么，
其实只是一天比一天地
光秃秃。

秋天是一面镜子。我把着它
陷入自省，并呐呐地
为看不见的灵魂祈祷。

妈妈

听见有人喊妈妈
我总会在心里跟一声——
“妈妈”，但声音
很胆怯，很小——
小到只有我自己
才能听见

我四虚岁就没有妈妈了
但我一直跟着别人喊
为了让自己听见

我天真地想
只要我听见
妈妈也就听见了

我的眼睛

我看见了我的眼睛
我不可能用我的眼睛在看
我的眼睛闭着，为了看见

我用我闭着的眼睛在看
我的眼睛不为分辨而来
我的后脑勺开着，为了不看

忘掉昨天吧

忘掉昨天吧，从今天开始，
我正式拜生活为师。
忘掉昨天吧，既然昨天
是忘也忘不掉的。

构成曾经的东西，支撑我一生。
在不同的地点，以不同的步态……
我不前行，也不后退，我等待
但我永远是空的。

一场生命的大雪，早已把我
活生生错过。

我，一个走进街道的谦卑者，
我，一个骨架瘦小的旁观者，
我不炫耀我身上值得炫耀的。

天空轰隆隆。
安静，安静，安静……
哦，讨厌的路灯与贼为伍！
我的头颅像开了锅。

忘掉昨天吧，我要大声向生活
呼救！但不让旁人听见。
难上加难的岁数，让人不得不
把肉身看轻：稻谷入仓，草垛霉烂。

忘掉昨天吧！因为只剩下
明天一条路。拜生活为师吧！
因为我不想求助于死亡——
因为死亡也无法减轻我灵魂的重量。

某个人

某个人？可以是你，是我，是他。
某个人躲在某个名字下。
某个人喃喃低语，对风说话。
第一个某个人不知道自己叫什么。

某个人死了！脸过渡为面具。
有几种面具不能让妇女看见。
但在人类的厨房里，时间的
菜刀，需要死亡这块磨刀石。

某个人，见过面的，说过话的，
死了的，还未出生的……
某个人正迎面走来，
某个人已擦肩而过。

据说某个人生来清白，

据说柏拉图经历了苏格拉底之死，

通过他的嘴，死亡唾沫四溅，

通过他的笔，死者重返街道。

某个人，生于 ××× ，

死于 ××× 。

生死之间，夹着一小段生活。

而生活，是负债的过程。

死亡是中断。某个人继续……

内外之间

永远？对。

永远睡着了。

时间就这样甩开生者的纠缠。

一个人就这样碎成了一小堆骨头。

是死亡把死者留在原地。

时间已盯上另一个目标。

内外之间?

什么都不是。

死，是死不干净的。

生，更不可能彻底。

门

那白天黑夜都敞开的

大门，就是死亡

而双脚能够进进出出的

门，那是家门

人们踏上公共汽车的

门，但还能下来

而死亡是世间运行不息

并把每一个人当作停靠站的

那辆公共汽车的门

你只能上去一次

余真

1998年生于重庆江津。参加《诗刊》社第34届青春诗会，出版诗集《小叶榕》。

李元胜点评：

余真的写作勇敢、坚定，有着对生活和语言的深思熟虑，所以，她笔下的惊人之句并非仅仅依赖才情，而是源于对自我和他人的犀利审视。

落日拂来燎原的大火

你曾度过我最美好的年华，是虚构的

你在黎明前翻阅山色，目睹我空洞的人间
遇见飞絮，游鱼
隐于芦苇荡的野鸭子

你是春风、夏风、秋风、冬风
穿越我，又一去无返

出没的苍耳，不要把旅途寄予
给正值夜归的兔子
我想提醒游荡的鬼魂，渐升
的寒潮。任凭落叶，使劲地吹奏

我们已经说不出更多的话了
我看到枯树们相视多年却又无言以对

它们伸出的干燥的手臂，越来越接近厨房的柴薪
桃花已更替了新的枝蔓，落日拂来
燎原的大火

正在淹没你，也淹没我的途中

礼物

这是一片梵·高所凝望的夜空，珍珠梅
缀满幕布。枝叶纵横使枝叶纵横失去了
它的错落有致
涛涛江河替代了，原本的涛涛江河

还有什么周而复始的新鲜，可以献给你
星夜转瞬即灭，天空到处都是

空山寂寂

我相信最仁慈的，必定是漫山的草木
他们如此深入，像一个动情的父亲

离那种深入，我们尚欠缺一副肉身
河流像一管喉咙，我们的心事一直滚动
却没人说得出口

镜像三章

我需要这世界最多的荒废，像阳台上的雏菊

迫不及待地枯萎

我需要你把我忘记，像抖下一片融化的羽毛

我需要曾经是一株海棠，举起熊熊的烈火

我需要当我跨过生命的纵流

所有的河岸就改变春天的流向

我需要带着类似冰晶的深情，不跟你们任何人挥手

只要我离开的时候，你们已经知晓了我的惊惶

只要我的日出曾经接近火山

只要杯中的海洋后来在地面澎湃

只要我是其中一个凸起的浪头

衔着天空一朵芳香的草环

当我回到我的家乡，你们任何人都不必向我道别

我爱你

我爱你并没有什么更多的意义了

我爱你以后，开始热衷做梦，梦到你和我

在原野上唱歌，我们堆柴，在阳光下
依偎着整座山岗。我们数着火苗，
数到　即将浮现的黄昏，把我们引入苍老的歧途
我将要享受一切，譬如那些大雨淋湿
我们拥挤的屋子，于是我们可以烤火
在火堆上放着土豆、番薯，和我们湿漉漉的心事
我将要享受一切，你为我做饭，于是
我成为饥饿的崇拜者。
你为我创造一个　漂亮的孩子，
为此我愿意更丑陋一些。

相等

在所有的日子里，我们做过多少相同的事
是否一样在周六，晾过一条鹅黄长裙
是否在同一个夜晚，为最爱的人抹亮星星
你收拾我的衣柜，把我的光阴码得整整齐齐
我矮小，并未忘记在雨中为你撑伞
我们既然在白云下大笑，就应该在灰蒙蒙中
一同守着天空的哭泣。
你是那唯一的，亲近我的缺陷的男人。

总能把脆弱的，暴躁的我轻轻抱入
你的平静。在那平静中
我才能找到波光粼粼的海洋，熠熠生辉的草原。

嘿

在没有你之前，海不过是堆砌的水渍。风不过是摇摆
的迟疑。这人间的无聊，并不能被山红和草绿抵消
这美好的曙色，我总责怪它姗姗来迟
在冬天。山城也养了数日恹恹的雪
对于阳光，我望而生畏。像躲避狼群和冻疮
春日渐长，已经是憨厚的姑娘。
终日被我锁在阁楼上，误以为人间之景
是一览无余的茫茫。唉——
想不到会遇见你。这山即刻不空，鸟鸣即刻不闹
这和风细雨，拥着未抽出新叶的
枯枝。这一切的一切，原本是多么慈悲为怀

仿佛梦境

飞上枝头的白鸽，落在了少女的及笄
落叶们把自己交给了草地
她们安详，寂静，把大腿和乳房
交给了草地
她们睡在草地上，仿佛跟草地长在了一起
她们仿佛还不认识男人
仿佛一切都还是值得托付的

小叶榕

春天它尽情茂盛，树下有永不知悔的
独白。我的心如晚霞浮动。
整个秋天，我都没能获取抵达树顶的
方法。这里逐渐失去日色的垂怜。
倦鸟们踏上疲惫的迷途。
没有得到面孔的风，一遍遍割下
它们深邃的绿意。
落叶们一遍遍怜爱，行路者的身影。

2018

抒情

我的旁边放着几张空椅子，其中的一张是属于你的
我养了两只挪威森林猫，它们每天在院子里疯闹

这些茂盛的草木忘记了矜持。这些水面不断重聚。
黄昏令树叶们出嫁，雨夜带落英们私奔。

这万事万物，都像是替我们相爱。

曹东

1971 年 1 月生，四川武胜人，中国作家协会会员；著有诗集《许多灯》《说出》及长诗《大风》；曾获四川省十大青年诗人奖。

李元胜点评：

曹东的诗歌短制有如刺客一样，突然跃起，不顾一切地犀利一击，给人以意外的震撼。这背后必有深沉的体验，谋篇布局的深思熟虑以及对一首诗歌走向的精确掌控。

送葬

一群人抬着一个人的尸体
走在离开的路上
也可以说，一个人的尸体带领一群人
走在回去的路上

许多灯

许多灯，在我身体的房间
亮着。我轻轻走动
它们就摇晃
影子松软，啮咬一些痛觉
我上班下班，挤公交车
陪领导笑谈。十年了
竟无人发现
只在一人时，我才小心地打开
并一一清点，哪些灯已经熄灭

一只乌鸦是天空的僧人

是的，只有天空才是它的道场
一只乌鸦是天空的僧人

用乌黑之躯
缝补落日的破碎
野地汹涌，人兽迷失
在悬挂的天空面前
向一只乌鸦
行跪拜礼
一具人骨也在黑暗中翻了翻身

散场

一个人在大街上走
走着走着　就哭了
那么多人
闹麻麻
那么多人还是孤独的
人越多越孤独
眼泪越少越悲伤

抽屉

从黑夜缓缓地抽出白天
摊开在面前的生活

不过是一些杂乱的物件
举起又放下
生活的抽屉悄无声息合拢
这样不断反复
生命被抽空
在擦亮几件东西后
蜷缩在角落
那擦亮的部分
又能保持多久不会生锈

在飞

天空在飞
看不见它的翅膀
但是　在飞

几条河流跟着
也在飞
许多人指指点点
天就黑了

当天空完全离开
我们暴露无遗……

在西关乡睹尽夕晖

飞鸟披上天空
我披上了黑夜

黑夜并不黑
黑夜运输着星辰

一千只乌鸦运输着
一口收殓人世的棺木
……

日志

九月十二日
独坐黑暗中　肉体关闭
褪尽颜色
只剩几根骨头还亮着
夜幕多么广阔
像钉住
几匹细细的闪电

高原

汽车在高原行驶
明月悬挂前方
硕大
圆润
与方向盘几乎重合
让我瞬间
产生了幻觉
仿佛独自坐在地球上
手持月亮
驾驶着整个尘世
颠簸前行

一个疯子

一个疯子
他被一条街道捆绑着
他问大家好
他比大家还好些
疯子　疯子　人们叽叽咕咕
指头缠着阴影
但疯子听不见

他的耳朵套起两只旧袜子
他说那是角
他说只可以向一只麻雀致敬
突然他吼了两声
人们惊惶地
向后退
他又吼两声
人们又退
空气就静止了
就真的有一只麻雀
像锋利的针穿过人群
疯子笑了
疯子说　我并不想抛弃你们

霍俊明

河北丰润人。现任《诗刊》社主编室助理。著有《转世的桃花——陈超评传》《于坚论》《尴尬的一代》等专著十余部，诗集《有些事物替我们说话》《怀雪》《喝粥的隐士》（韩语版），另有译注《笠翁对韵》，编选《青春诗会三十年诗选》《年度诗歌精选》《天天诗历》《在巨冰倾斜的大地上行走》《诗坛的引渡者》。

霍俊明

李元胜点评：

把霍俊明的诗歌和诗论对照阅读，就会发现还真是有很好的互补关系——它们共同构成了一个人的文学景观或者文学生态。诗论像北方的道路笔直、坚定地伸向远方，感性就像行道树一样簇拥着道路。而诗歌就像一条漫不经心的小路，自由无羁地消失在原野中。

我们总会想起一些死去的人

我们总会想起一些
死去的人
他们的善和小小的恶
都一起忘记

他们的生老病死
他们或大或小的墓碑
他们早已朽烂的棺木，骨灰
还有墓地上的青草
这些
都不重要了

只是偶尔在梦里
他们有时站在院子里
还有一棵开满了红色花朵的树
还有的人
在风里静静地低头微笑

没有人知道
他们是早已死去的人
偶尔有人在梦中走错了路
打开了一个崭新的陌生人的院门

松针是另一种时间

仿佛我们一夜之间成了古人
空怀故人之心。

罗汉松，不是罗汉的一种树
松针是另一种时间

不到片刻，它们已落满头顶
我们似乎已经没有地方可去

安静的呼吸
是整个湿热的夏天

如果此刻在山中
可提前进入万籁的暮晚

你却害怕
那些突然出现的松鼠

它们跳得太快了
松针在此时也变得寂静

另一个尘世

一扇门，两个世界
进门和出门
有时是两个动作
有时，是生和死

我是个左撇子
梦里打架时却总是先出右拳
有一次我在梦里过完了一生

每次看到那些
被扔掉的衣服和鞋子
总是心头一惊
它们好像刚刚失去了一个故人

中年的她又一次
在梦里的同一个地方滑倒了
满怀的栗子正密集地滚下山坡
那是时间刚找出的零钱

望着对岸的雪山和城镇
我们仿佛来自另一个尘世

燕山林场

当我从积重难返的中年抬起头来
燕山的天空，清脆冷冷的杯盘
空旷的林场，伐木后的大地
木屑纷纷……

那年冬天，我来到田野深处的树林
面对的是一个个巨大的树桩
和父亲坐在冷硬的地上
生锈的锯子在嘎吱声中发出少有的亮光

我想应该休息一会儿，坐在树桩的身边
而那年冬天，父亲
只是拍拍我的肩膀
那时，一场罕见的大雪正从天空斜落下来

我一个人走到祁连山

那一年秋天
夏天刚好过去
在集装箱式的旅馆中
看着祁连山

就在不远处
能够看清那些停滞的牛羊
看到山上的褶皱
还有路上的车辙和洼地
如果我此时下楼
翻过那道一人多高的铁丝网
我就来到了草原上
再用几个小时
我就能顺利抵达山脚
然后转身回来
那时已是深夜
不出意料的话
头顶上还会有星群
那天下午我一直这么想着
一动不动

不会游泳的人也抵达了对岸

一个人从河的这岸
游到了河的另一岸
没有水流声，也没有
拍打水的声音
一切都悄无声息

回头看看对岸
仿佛刚刚离开了一个尘世
这里没有树木
没有石头
没有房屋
甚至风也没有
只有这条河岸
这一切都似乎是在梦里发生的
只是为了验证
一个不会游泳的人
也抵达了河的对岸

夹竹桃下的人

粉的和白的夹竹桃
它们看上去竟然很高大

那些瘦弱的人
在树下兜售应季的水果

他们此刻在正午的阴影里
再背后是一个山坡

唯一的路通向那些更深暗的褶皱里
他们应该是从那里赶过来的

他们还将再次返回
没有人看到他们曾经和必将赶路的样子

他们在夹竹桃下的阴凉中
花期正好

那些阴凉
还将持续好长的一段时间

清霜屋顶

——写在小从书坊

几分钟前
那里是一群鸽子
远远看去
白雪一片
只是偶尔转身
或短暂起飞
那些灰黑色的尾羽才展现出来

更多的时候
它们在下午的阴影里
那些白蜡树
叶片早已落光
声音也被带走了
它们咕咕的叫着
仿佛喉管里塞着小石子
或者一小把棉絮

红色的爪子贴着瓦上的轻霜
它们什么时候踱出笼子
又是什么时候飞回去的
我们并不知晓

红花结莲蓬，白花结藕

北方一场暴雨
我在回程的火车上
母亲打来电话
她好久没主动打电话给我了
她问我在哪儿
我说在火车上
她声调突然高了许多

像年轻时候
她在傍晚扯着燃烧的嗓子
喊我回家

她让我少出差
显然她刚看到了新闻
西南地震，南方台风
是的
此刻我正在暴雨中
她突然说
你堂哥没了
老板给他一百块钱去清理烟囱
雨很大，掉下来了

这时已是黄昏
此时我没有感受到
车窗外面的雨是热的还是冷的

如果松针燃烧起来

她躺在手术台上
当年差一点就死了
医生打开她的胸腔

里面全是血块
他们能做的
就是再次
把皮肤缝合起来

她还年轻
有时在黄昏里发呆
脸色微红
刚好爱穿红衣服

山中的雾很多
她越来越爱拍照
偶尔会划着白色的小船外出
她挂念早年在山中栽下的松树
偶尔也会坐下来
点燃那些干枯的松针

烧水煮茶
火焰中的面孔寂然不动
托着下巴和黄昏一起
转身到另一个不可知的尘世

图书在版编目（CIP）数据

这世间有我已经不能更好了：诗人最满意的10首诗 / 李元胜编. -- 北京：中国书籍出版社，2021.2

ISBN 978-7-5068-8371-9

Ⅰ. ①这… Ⅱ. ①李… Ⅲ. ①诗集—中国—当代 Ⅳ. ① I227

中国版本图书馆 CIP 数据核字（2021）第 034061 号

这世间有我已经不能更好了：诗人最满意的 10 首诗

李元胜 编

责任编辑 卢安然　王淼
责任印制 孙马飞　马芝
书籍设计 孙初　申祺
出版发行 中国书籍出版社
地　　址 北京市丰台区三路居路 97 号（邮编：100073）
电　　话 （010）52257143（总编室）　（010）52257140（发行部）
电子邮箱 eo@chinabp.com.cn
经　　销 全国新华书店
印　　刷 北京精彩世纪印刷科技有限公司
开　　本 889 毫米 ×1194 毫米　1 / 32
印　　张 11
字　　数 178 千字
版　　次 2021 年 2 月第 1 版　2021 年 2 月第 1 次印刷
书　　号 ISBN 978-7-5068-8371-9
定　　价 68.00 元